U0904278

天上没有铁丝网

阿云嘎

著
哈森
译

译林出版社

文学共同体书系·中国当代多民族经典作家文库

何平 主编

图书在版编目（CIP）数据

天上没有铁丝网／阿云嘎著；哈森译．—南京：译林出版社，2019.12

（文学共同体书系·中国当代多民族经典作家文库／何平主编）

ISBN 978-7-5447-5824-6

Ⅰ.①天… Ⅱ.①阿… ②哈… Ⅲ.①中篇小说－小说集－中国－当代②短篇小说－小说集－中国－当代 Ⅳ.①I247.7

中国版本图书馆 CIP 数据核字（2019）第 289708 号

天上没有铁丝网　阿云嘎／著　哈　森／译

主　　编　何　平
责任编辑　焦亚坤
装帧设计　韦　枫
校　　对　蒋　燕　孙玉兰
责任印制　颜　亮

出版发行　译林出版社
地　　址　南京市湖南路 1 号 A 楼
邮　　箱　yilin@yilin.com
网　　址　www.yilin.com
市场热线　025-86633278
排　　版　南京展望文化发展有限公司
印　　刷　苏州越洋印刷有限公司
开　　本　787 毫米 ×1092 毫米　1/32
印　　张　5.75
插　　页　4
版　　次　2019 年 12 月第 1 版　　2019 年 12 月第 1 次印刷
书　　号　ISBN 978-7-5447-5824-6
定　　价　39.00 元

目录

天上有没有
铁丝网

一

上个世纪九十年代中期一个炎热的夏日午后，一个骑马的人走到被称为“天堂台”的高地脚下，勒住马停了下来。他仰望高地顶端，仿佛在迟疑要不要走上去。高地下的这片旷野上平常是不可能有人畜踪迹的，因为这里是无水区，只有多日不饮水也能生存的黄羊、狼等动物才会在这里群居生息。而今这里却出现这样一个人，可真是罕见。

距此人很远的地方站着三只狼。因为距离太远这个人当然看不到它们，但狼们却把他看得清清楚楚，因为狼的视力比人强数十倍。狼们用冷漠的眼神望着那个人。它们很可能在想：哦，该死的，那个两条腿的家伙也许神经有毛病吧，所以才来这个不该来的地方。不过爱咋咋地吧……狼们对他一点兴趣都没有，它们有享用不完的又肥又嫩的黄羊肉，所以它们不必贪图任何其他东西。再说，看样子那个人很可能是一个黑瘦的老头，他骑的马也不怎么样，那样的肉食，想想都影响食欲。

那个“两条腿”的家伙在那里久久迟疑着，最后还是向高地顶端走去。他走得很慢，马也很吃力。狼们也感觉到了他的孤独和可怜。但他一直在走。就这样，太阳在高地那边落下去了，在燃烧的晚霞这边高地的轮廓显得特别清晰，而下边的旷野却在高地巨大阴影下变得朦胧。

那人慢慢地淹没在那个阴影中。

漆黑的夜里，带有野草清香的风柔柔地吹过。星辰布满天空，夜深了。这里的海拔高，因此星星仿佛近了很多。这人手握缰绳坐在野地里。马站在身边。他有点困顿了，垂着脑袋一动不动，浑身散发着酒味。近两年他一喝酒就容易打瞌睡。

这人离开家乡一直向北走了有五天，今天傍晚爬上了这高地顶端。他刚攀上来的时候，天上的星星还没现在这么多，只有几颗大而亮的星星在闪烁。他忽然感觉到了疲惫，下了马坐在草地上，再也不想起来了。他想到了乡亲们。不仅是想到了，是开始想念了。不知乡亲们现在都在做什么？有没有人发现我不见了呢？当他们知道我不辞而别，是否觉得缺少了什么？……他无法不想念乡亲们，快六十岁了，他还是第一次离开乡亲们。因此，五天前他离开家乡走向远方时，内心充满了犹豫，而且伤感不止。他骑着马，慢悠悠地走着，泪水在他黑瘦的脸庞上流淌着，但还是离家乡越走越远了。

家乡或乡亲们！

对他来说，没有比这两样更为珍贵的东西。然而对于像他这样文化水平不高的牧民而言，家乡或乡亲又是一个十分模糊的概念。蒙古大草原从哪儿到哪儿是“我的故乡”呢？那一年的大旱时，他赶着马群赶场走了两千公里，所到之处的牧人曾说：“我们都是蒙古草原上的人，换句话说，我们都是乡亲啊。”……

想起家乡，他又想起了两个女人和一个男人。两个女人一个是南斯拉玛，一个是米都格达热，男的是他的好友东吉拉……

前天，那道在遥远的北方天际如梦如幻的蔚蓝色的高地已经很近了，也变得清晰了。做过多年牧马人的他当然知道那个高地就是“天堂台”。在过去的年月，他曾经远远地望着“天堂台”，赶着马群吹着口哨自由自在地在草原上驰骋，但从没有走上“天堂台”。不仅仅是他，任何人都不曾涉足过那里。并不仅仅是因为那里无水干旱，仅是那个“天堂台”的地名就让人们望而生畏。蒙古人敬仰崇拜的是长生天！所谓的天堂台，是自人世间攀升到长生天的阶梯啊，福祉不厚的平民百姓哪儿能随意攀登呢？再者说，天堂是有别于人间的另一个世界。如果说某某人升入了天堂，那就是说他去了另一个世界。据说天堂很美也很幸福，蒙古族老乡所说的“德瓦金”即极乐世界就在那里。但只要能够在尘世间对付着过下去，没有一个人愿意自己早一天升入那边的“天堂”。

他就那样一直在走，这一天的午后不知不觉到了“天堂台”脚下。上去看看能咋地？他忽然这么想。虽说是年近花甲的老人，他有时却像孩子一样，内心充满了好奇。

他慢慢地攀着，终于走上了“天堂台”。从下边看“天堂台”，像一道山脉，但走到上边，他才发现这里其实一马平川。他想这可真是一个巨大的平台啊。向北望去，又看到了一道莽莽的高地。他想，那可能是更高的平台吧。那个平台之外肯定还有更高的平台。那么，从一个平台攀登另一个平台，一路走过去，会不会就能登上天呢？他这么想着，不由得想笑。

无尽的长夜在“天堂台”上延伸，令人战栗的寒冷直逼骨髓。

二

最先发现萨勒吉德失踪的是南斯拉玛。

这个女人曾经是萨勒吉德的妻子，二十年前跟他离了婚，领着两个儿子，跟萨勒吉德的好朋友东吉拉成了家。虽说离婚多年，但她也时常照料着萨勒吉德的生活，经常去给他收拾收拾屋子，偶尔也给他做做新衣裳，还劝他少喝酒，碰到合适的女人就一起过日子。

那天，南斯拉玛又去了萨勒吉德家。她看见萨勒吉德小小的土屋孤零零地伫立在巴掌大点儿的牧场上，土屋右手是拴马桩，她感到这里很静很静。她想萨勒吉德可能不在家。走到门口，真的发现门是锁着的。她知道，丢三落四的萨勒吉德出门经常忘了锁门。看他今天锁了门，就想这家伙是不是出了远门。她有他家的钥匙，开门进屋，她的预感好像得到了证实。以往，她每次都会看到萨勒吉德家的炕桌上放着半碗凉茶、半瓶酒等东西，灶台上也经常摞着没来得及洗刷的碗筷。今日进屋一看，虽然依旧凌乱，但还是看得出收拾过的痕迹。南斯拉玛想，这家伙去哪儿了呢？不管去哪儿，也应该跟我和东吉拉打个招呼的呀。

收拾完萨勒吉德家，南斯拉玛急忙回家。她想尽快告诉东吉拉，看来萨勒吉德是去了什么地方。阳光晒得令人倦怠，远处的天空飘着几朵云，也仿佛一动不动。

不只是南斯拉玛，这附近的人们哪个不了解萨勒吉德呢？他心地善良，像个孩子一样单纯，一辈子穷苦，却也从没想过怎样才能富起来，即便被人欺负受人欺骗，却像占了天大的便宜一样欢乐无比。萨勒吉德就是这样的一个人。二十年前，南斯拉玛带着两个儿子跟他离婚的时候，萨勒吉德让南斯拉玛把一百多只羊和五头牛全部带走。他从心底希望南斯拉玛跟两个儿子过得好，后来南斯拉玛跟他的好朋友东吉拉成了家，他整个人放心了，因为南斯拉玛终于找到了一个可以依靠的人。

萨勒吉德真的不是一个合格的丈夫。为了帮乡里乡亲，他经常撇下妻儿就不见了踪影。谁家在剪羊毛，哪家在骟马，谁家在剪马鬃，哪家在准备满月宴……萨勒吉德必将出现在那里。他黝黑的脸上滚动着汗珠，发自心底的笑浮现在脸上，干活比谁都卖命。听见谁家老人病了，卷起自己家的一点积蓄就跑去送给人家。满月宴和婚礼上拿的随礼比谁都多。在他喝酒喝热乎的时候要是谁家孩子敬酒磕头了，他就高兴得忘乎所以，就开口说要给这些孩子送羊羔甚至送牛犊送马驹。他并不是说说就罢了，事后真的会按承诺将羊羔或牛犊马驹给人家送去。碰到这样的老公，南斯拉玛只好独自一个人在家带着孩子忙里忙外。但说实话，她从不埋怨萨勒吉德，只是心疼他太辛苦，怕他喝醉了伤身体。这样过了十余年，倒是萨勒吉德自己先意识到了南斯拉玛的苦楚，就说："你别跟我受罪了，我们离婚吧。"

南斯拉玛边走边回忆着。当年她犹豫了很久才同意离婚。她明白自己无法独自承担将两个儿子抚养成人的重担，两个儿子越来越大，要面临的事也越来越多了。之后虽然离了婚，也总是惦记着萨勒吉德，总是担心他吃不好，怕他喝多了从马背上摔下来。一有空就去给他收拾收拾屋子，偶尔也给他做做新衣裳。东吉拉跟萨勒吉德打小一起长大，又一样是牧马人，他也经常去萨勒吉德家，跟他聊天，偶尔也骂萨勒吉德："听说你去别人家帮忙扫羊圈，有那个工夫不能拾掇一下自己的房屋？"萨勒吉德乐呵呵地听着。"拿出酒来。"萨勒吉德笑着煮羊肉，拿酒。"你把老婆儿子推给了我，自己在这里享清福呢是吧？"他又骂起萨勒吉德。萨勒吉德还是笑着。东吉拉偶尔从他家回来之后提醒南斯拉玛说："那家伙穿的还是去年的衣裳，给他做一件羊皮袄吧。"……

南斯拉玛回到家时，东吉拉刚好在家。

"那家伙没在家，好像是去了什么地方。"南斯拉玛说。

东吉拉听了这话，好像想起了什么，发了一会儿愣："我早就有一种预感，他迟早有一天要离开这个地方，看来他是真的走了。"说罢一声叹息。

"但是，去哪儿了呢？"南斯拉玛呢喃着，忽然想起一个人，“是不是去了米都格达热家呢？”

东吉拉说：“肯定没去那里。去米都格达热家，还不跟你我打个招呼吗？”

“那他去哪儿了呢？”

东吉拉叹气：“你我又不是不了解萨勒吉德，他是一个珍惜朋友胜过自己的人，当他意识到自己已经没有朋友了的时候，他只好离开。”

“你这是说的什么话？他的朋友们不是都在吗？”南斯拉玛惊讶地问。

“人是都在，但是都已不是他的朋友了。你想想，现在谁是谁的朋友啊？”东吉拉说。

“啊，也许……是这样。”南斯拉玛不免伤感。

三

萨勒吉德坐在那儿一动不动。方才他做了一个梦。年近花甲之人的梦，像是一堆没有整理好扔在一边的旧衣物一般杂乱无章。家乡进入了梦境，忽而又梦见了家乡草原上横七竖八的铁丝网……

啊，铁丝网！

萨勒吉德知道这个世界上还有一个叫铁丝网的东西，是很早以前的事了。有一年，旗里的放映队来牧村放映了一部电影，是抗战影片。高高的土丘上有一座碉堡，围着碉堡拉了铁丝网，游击队员爬近铁丝网，用钳子剪断铁丝网……但是，谁能想到多年后那样的铁丝网出现在自己的家乡？

随之，好像很多东西都变了样儿……

旗里来了工作队，开会宣讲说将草场承包给牧户。干部们说得好像很有道理：人畜数量在膨胀，草场面积却不可能增加，因此草场的压力日益繁重，正在造成退化。大家只知道放牧，却不知道爱护草场，更不想建设草场。这样下去，不过几年我们的草场上将不再生长一株草。干部们还说，要解决这个问题，唯一的办法就是将草场分别承包给牧户。原本属于“集体”的草场一旦变为“私人”的，牧民们就应该知道怎样爱惜和建设自己的草场了。

大队变成嘎查[1] 之后，各种会议少了。但是那几个月会议又多了起来，不到三五天就开一次会。萨

---

① 嘎查，内蒙古自治区蒙古族行政村，与行政村平级。注为译者加。下同。

勒吉德也参加会议。听干部们冗长的讲话，他就想，怎么说个没完呢？你们想做什么做就是了。但是，听着听着萨勒吉德有了疑惑：草场分给牧户，倒是好说，牧民应该能知道自己分到的草场在什么方位，边界在哪里，但牲畜能懂那些吗？在不懂人话的牲口面前，国境线都不算什么。它们看哪儿的草好就吃到哪儿。那么分不分草场岂不一样？

然而，干部们接着说的话，好像解答了他的疑问。

“草场分给牧户之后，怎么管理呢？不能让别人家的牲畜到自己的牧场，也不能让自己的牲畜进了别人家的牧场。解决这个问题，只有一个办法！就是要拿铁丝网围住草场！”

就这样，忙了一年制订了分草场的方案，丈量草场面积，签订合同，发承包书，千百年来属于“大家的”草场被分成了你一块我一块。接着，到处是铁丝网，纵横交错，萨勒吉德的家乡变得陌生起来。

铁丝网惹了多少麻烦啊？这家的牲畜进入那家草场的事经常发生，然后棍打、刀砍进来的牲畜，邻里之间甚至亲戚之间伤了和气，甚至打官司的事件开始屡屡不断。

全嘎查里，没用铁丝网封闭自己草场的人，只有萨勒吉德一个！

四

为了打听萨勒吉德的下落，南斯拉玛、东吉拉分头行动。

东吉拉想跟邻居们打听萨勒吉德的下落，没走多久就看见朱尔旦在那边放羊。东吉拉真不想见到这个家伙，但一想到他是萨勒吉德的邻居，也许能问出什么，就朝他走去。

东吉拉从来没把朱尔旦当个人儿来看待。那是个自私到家，为了蝇头小利跟别人纠缠不休的家伙。在草原上，谁也看不上这样的小人，所以朱尔旦在大伙儿面前从来就没有过威信。朱尔旦也知道大家怎么看自己，所以前些年比较老实，但是一有了机会，坏毛病还是会露出来。秋天夜里去偷偷拉走别人打的草，要是求他从供销社捎点东西，他肯定会从中赚个三五毛钱。这些事露了馅儿，就自然被人们唾弃，朱尔旦知道自己跌了份儿，垂头丧气几天也就罢了。

但是，出现铁丝网之后朱尔旦忽然神气起来了。仿佛人人都欠他什么，人人都欺骗了他一样，每天跟人吵架。说什么“自私光荣，人人自私社会才能发展”，“你们拿集体主义压了老子多年，那东西现在可是过了时的，老子我现在不怕了”。说来也奇怪，如果说往常谁都可以责备他几句，现在大家好像都不好说什么了。

朱尔旦站在那里放羊。东吉拉发现这家伙不是在自己的草场上放羊，而是在萨勒吉德的草场上。

萨勒吉德没有用围栏围住自己的草场，谁家牲畜进来吃草他都不管。这对作为邻居的朱尔旦来说成了天大的好事，每天把羊群赶进萨勒吉德的草场，萨勒吉德从没说过什么。然而反过来，朱尔旦这个混蛋是怎么对待萨勒吉德的呢?

几年前一个雾霭迷蒙的清晨，东吉拉正好要赶往萨勒吉德家。在白茫茫的雾霭中，五六十步之内的东西都变得模糊，仿佛地形地貌都变得陌生了。云团一样的雾霭中忽然出现铁丝网挡了他的去路。

生锈的铁丝网上蒺藜像枯死的草根一样难看，落在铁丝网上的露珠滴答往下掉落。东吉拉绕着那些铁丝网前行着，忽然听到前方有人在说话。东吉拉拉住缰绳，从马背上一看，原来朱尔旦牵着马站在萨勒吉德面前。

“萨勒吉德大哥，我可是把你的马送来了啊。”朱尔旦说。

“我刚要去寻它呢，谢谢你给送来，这可真是雷锋精神吧。”萨勒吉德哈哈大笑。

朱尔旦用一种奇怪的口气说：“雷锋？而今这个时代还有雷锋？”又说，“大哥你以后应该费心管好你的马。”

“啊……我的马……怎么了？”

“它不止一次进了我的草场，前两次念着邻里乡亲，我就没说什么。但是别因为我没说什么，你就再放马进我的草场啊。”

站在那边的东吉拉听了真是气不过。朱尔旦对谁嚣张，也不应对萨勒吉德这样。你的羊群每天在人家的草场上不说，人家偶尔还给你的羊饮水。那一年，你妈生重病时，萨勒吉德比你都着急，从家里拿了一百块钱给你，那个时候的一百块可是半年的生活费啊……

东吉拉气呼呼地到他们跟前："朱尔旦，你刚才说什么？"

朱尔旦有点吃惊，转身看了他："啊，东吉拉大哥来啦？我什么也没说，只是把上面的要求传达给我的邻居呢。上面的领导不是说不能让自己的牲畜进别人家的草场吗？"他脸上带着笑容，话里却藏着话。

东吉拉冷笑道："要说萨勒吉德的马进了你的草场，你的羊群不是每天在人家草场上吗？如果说要注意，不光是他要注意，你们俩都得注意啊。"

"他没围住草场，我有什么办法？听不懂人话的牲畜是拦不住的……"

怎么全成了萨勒吉德的错？东吉拉想一定要压住这家伙的威风。但是萨勒吉德却劝他们不要吵。

"好了，好了……都是我的错……你们俩去我家吧，有酒呢……"

东吉拉的火气忽然消失无踪，感到特别无趣。朱尔旦趁这个时候溜走了。

萨勒吉德发着愣，面色惨白，望着消失在浓雾中的朱尔旦，喃喃："今天……我心里怎么这么难受……"

东吉拉想着这些，走到朱尔旦身边。朱尔旦看到他，笑得很不自然："一看我的羊群跑出自家的铁丝网，我这不过来赶它们回去吗？……"

"萨勒吉德这几天不在家吗？"东吉拉问他。

"好几天没见。"

"知道去了哪里吗？"

"不知道。"

东吉拉再没说什么，向别处走去。

五

南斯拉玛朝两个儿子家走去。因为走得急，蒙古袍下摆在风中招展。

萨勒吉德仿佛在她面前。她确信，萨勒吉德肯定是伤透了心才去了某个地方。如果不是伤心，怎么会不告诉东吉拉他俩呢？东吉拉说的对，萨勒吉德是一个看重朋友之间情谊胜过一切，也把所有的乡亲都当朋友的人。“俗语说，有一百头牛，不如有几个好朋友。我萨勒吉德虽然贫穷，但是有很多朋友，这就足够了。”这是萨勒吉德经常挂在嘴边的话。可是，有那么一天，他引以为豪的朋友们都变得不是朋友的时候，他怎能不伤心呢？一定很伤心的。

她忽然想起，这几年萨勒吉德的笑都变了样。他以前的笑是怎样的一种笑啊，人没到，笑声先过来了。被人欺骗了也笑，被侮辱了也照样笑，而且是那种发自肺腑的笑。“今年我被羊毛贩子骗了个够呛，哈哈哈……”，“听说谁谁在背后骂我呢，哈哈哈……”所有听到他笑声的人都不由得想，我们生活的这个世界在萨勒吉德眼里是多么美好啊。但不知从何时起，几乎听不到萨勒吉德哈哈大笑的声音了，即便他笑，流露的也是一丝苦笑，笑得很勉强。唉，可怜的萨勒吉德，不知心底有多么伤心……

南斯拉玛忽然想起了前年的一件事。一天，她去萨勒吉德家，看见朱尔旦的羊在萨勒吉德家的草场吃草。南斯拉玛看到后有点生气，走到在自家门口修马鞍的萨勒吉德跟前说：“那不是朱尔旦的羊群吗？”

“是啊。”萨勒吉德口气毫不在意。

“怎么不往外赶？”

“赶它们干什么，让它们就在那儿吃草吧。”

南斯拉玛更气不过了：“人家以为你傻，欺负你，你怎么不知道啊？”

“是吗？”

“朱尔旦拿你草场上的草喂饱了自己的羊，就可以省了自己的草场。真坏。”南斯拉玛说着拿起一根棍子，说，“我帮你赶走它们。”

萨勒吉德急忙起身说：“别，别……等等……嗨，算了。”

“你说什么？”

萨勒吉德重新坐下来，又开始鼓捣他的马鞍：“别管了，由他去吧。”语气不由得露出一丝伤感。

南斯拉玛气得浑身战栗起来，望着低头鼓捣马鞍的萨勒吉德说：“怪不得你让人瞧不起呢，活该！”她远远扔了打羊棒，头也不回地走了。

就在那天夜里，南斯拉玛和东吉拉听到了萨勒吉德在唱歌。他俩走出门时，喝得酩酊大醉的萨勒吉德骑着马唱着歌从黑暗中奔到了他们面前。东吉拉和南斯拉玛扶他下马进了屋里。

萨勒吉德舌头都不好使了，笑着说："拿出酒来，你们的萨勒吉德很高兴，干吗不高兴？家乡这么美好，乡亲们也这么好……"

南斯拉玛忧伤地看着他。想着他内心充满了郁闷和伤心，鼻子不由得一酸。

"……我们有些人总想算计别人。算计就算计吧，萨勒吉德能承受他们的算计。我愿意被他们算计。谁在算计我？是我的朋友们，我的乡亲们。俗话不是说挨家乡的跳蚤咬，也是一种幸福吗？"

这样说着，萨勒吉德虽然还在笑，但已泪流满面。

两个儿子的家闪现在那边的草地上。两家之间不足千米。但中间横亘的铁丝网隔离了兄弟俩。为啥你们俩还拉这玩意儿啊？若是今后哪一天你们当中有谁遇到了急事，一个要去帮另一个，有这铁丝网，多麻烦呀？南斯拉玛想着就伤感。两个儿子的成长过程比较顺利，兄弟俩也很是相亲相爱。但是他们各自成家拉起了这个铁丝网之后，南斯拉玛觉得，在他们之间好像存在着一种暗在的较量。这是唯独亲生母亲才能察觉的敏感吧！以后他俩会怎样？

俗语说，“放骆驼的人，知晓公驼的习性”，作为亲生母亲，她岂能不知儿子们的性格呢？大儿子胡格吉呼像父亲，很老实，但要是动起了倔，那真是比他父亲还要倔百倍。小儿子德各吉日呼跟他哥哥性格截然不同，聪明，脑子快。牧民们开始用铁丝网围住草场那一阵，德各吉日呼进城租车买来铁丝网卖给牧民们，挣了不少钱，也挨了不少骂。

南斯拉玛先是去了小儿子德各吉日呼家。儿媳见了她，动作麻利地给她盛茶摆点心。

“德各吉日呼去哪儿了？”南斯拉玛喝了一口茶，问儿媳。

“跟朋友合伙要去倒卖羊毛。”儿媳笑的时候整洁的牙齿甚是好看。儿媳勤快伶俐。南斯拉玛想，德各吉日呼这两口子真是般配的一对，这两口子要是合起伙儿与人较量的话，一般人都不是对手。

“老是把家里家外扔给了你一个人，自己往外跑。这孩子……”南斯拉玛说。

“没办法的。现在都在玩命地竞争呢。”儿媳说。

“不竞争也不会穷到哪儿去。倒腾这个倒腾那个，低价进高价出也不是咱们牧人该干的事。挨邻里骂有什么好呢？”

“现在哪个不是这样啊？真是人吃人的时候。你不吃掉别人，就会被别人吃掉……”

南斯拉玛没言声，但是听了儿媳的话，明显的不高兴。

“你爸好像不在家，不知去了哪儿？”

“不知道啊，这几天他没来我们家。”

南斯拉玛接着去了大儿子胡格吉呼家。大儿媳去放羊了，胡格吉呼蹲在拴在马桩上的马身边，端详着马腿。

“怎么了？”

胡格吉呼脸色难看：“马腿受伤了……”

“怎么伤的？”

“掉进壕里……”

“谁家的壕？”南斯拉玛有点急了。草场分给牧户之后牧人们不仅用铁丝网围住了草场，为了不让别人家的牲畜进入自家的草场，有的还挖起了壕。随之，经常发生一些牛羊掉进壕里断了腿受了伤的事。

胡格吉呼叹了一口气，没吱声。

“掉进了谁家的壕里，就找谁家去。”南斯拉玛生气地说。

胡格吉呼为难地笑了笑说：“跟自己亲弟弟理论什么呀？”

“啊！德各吉日呼为什么在你们两家之间还要挖壕？”

胡格吉呼叹了叹气，沉默了。南斯拉玛用忧伤的眼睛望着大儿子。

“你爸不在家。你知道去哪里了么？”

“不在家？……去哪儿了？”胡格吉呼好像想到了什么，皱着眉头看母亲。

“有没有说过要去哪里？”

“没有……”

南斯拉玛没再说什么，回家了。

六

夜深了。萨勒吉德酒醒开始打颤，睡意全无。我没跟任何人过不去，怎么所有的错都是我的了呢？他想着不由得笑起来。其实说实话，事情很简单：住在铁丝网前后左右的人们都成了彼此的敌人纷争不断时，全嘎查唯有萨勒吉德没用围栏围住自家的草场。你们就当彼此是敌人吧，萨勒吉德可永远是你们的朋友，这样一想，他就心安理得，而且很满意。但是，最后怎样了呢？……

几年前，上级的一位领导来视察工作。旗里的一个副书记陪同，苏木[①]书记、嘎查书记尾随其后，来到了萨勒吉德家门口。

上级来的领导忽然看到了萨勒吉德家。他家的矮土房、拴马桩、牛圈……不知怎么地，让这个领导看得很不舒服，觉着好像缺了什么东西？啊，铁丝网！这家没有拉铁丝网！大领导一声令下停了车，背着手走下车来，其他人也自然跟着他下了车。

"你们这里也有没用草场围栏的牧户啊？"大领导明显有责备的意思。

"啊……这……是个别的……"旗委副书记磕磕巴巴地说完，恨恨地瞪了一眼苏木和嘎查两级书记。

---

① 苏木，相当于乡。

明显在生气：你们怎么带到这样的牧户家门口呢？这不是扫了全旗的面子吗？

“有这样的人家，就说明你们的工作还没做到位。分草场的目的是什么？不就是为了管理、改善、建设牧场吗？分了草场不打围栏的话跟没分有什么区别？你们不抓这个问题是不行的。”大领导口气生硬。

“抓，我们开专题会，进行具体部署……”旗委副书记急忙说完之后，扫了一眼嘎查书记。意思是你赶紧带我们离开这里，去一家铁丝网围得严实的人家去看看，那样大领导会高兴，他高兴了还不把方才的不愉快忘掉一些？可是嘎查书记没领会那个意思，反而做了不该做的事：他看见萨勒吉德站在拴马桩跟前往这边瞅，就喊：“萨勒吉德，你来一下。”

萨勒吉德笑呵呵地走过来。

“这个草场是你的吧？”大领导问。

“是的……”

“你怎么不围住你的草场？”

“啊……这……”萨勒吉德挠着头笑。

“这样是不对的，要是全像你这样，牧区现代化怎么实现呢？是不是啊？”

“啊……是的。”萨勒吉德说。

“你得抓紧用围栏围住你的草场，一定要快点。”旗委副书记朝萨勒吉德说话的语气很是生硬，又朝着嘎查书记说，“这事你要亲自落实。”

“好，好……”

……

从几级领导脸上看到责备和厌恶的萨勒吉德红着脸嘿嘿笑着，目送他们离去。几辆小轿车扬尘消失已久，他还是伫立在原地。

大领导是一个发现问题就抓住不放的人。离开萨勒吉德那里之后，他在路上对陪同他的那些地方领导说：“明天开个全嘎查牧民大会吧，我要讲话。当然，务必让那个叫萨勒吉德的人来参加。”

然后，开了大会，领导讲了话。那位领导的话可真是如刀如锥。

“世界之大无奇不有啊。政府为了让牧民们过好日子制定了政策，也创造了条件。但是，有些人——或者说是极少数的人——不知道是不想过好日子呢还是什么，不好好管理和建设已经分给他的草场，荒在那儿，每天让别人家的牲畜践踏。别人家的牲畜吃他草场上的草时，你们知道那家草场的主人在做什么吗？他站在一边呵呵笑呢。我走过很多地方，见过形形色色的人，但是这样奇怪的人，还是第一次见到。应该懂得政府是为你着想的，应该明白好意吧。不知好歹的人就是没心没肺的吧。没心没肺也罢，至少应该想怎样好好生活吧？是不是啊？萨勒吉德同志……”

领导点了他的名字，萨勒吉德只好站了起来，笑得好像不是在受批评，而是在受表扬一般。看他那样，大家也笑了。大家这么一笑，反而惹陪同大领导的旗委副书记、苏木书记生气了。

“笑什么呢？好好听讲。”苏木书记呵斥道。

大领导却没生气，笑着说：“……据说有的牧民称赞萨勒吉德不自私，乐于助人。萨勒吉德真是那样的人吗？我看未必。萨勒吉德是被旧观念束缚了手脚的人，是一个落后于时代的人。人民公社的大锅饭被端掉了，萨勒吉德一定一直很伤心吧？我说你伤心也没用，还不如早点动手买来铁丝网围住你的草场。快点动手，明天开始也行。行吗？萨勒吉德同志。”

“啊……行……”

有些人就想，萨勒吉德这次可是不得不用围栏围住他的草场了，他拉铁丝网时大家应该去帮个忙。但是等了几天也没见萨勒吉德有什么动静。这家伙在干什么呢？有的人去他家看，发现他家锁上了门。萨勒吉德走了十几天才回来。没说自己去了什么地方，也没拉起铁丝网。

别家的牲畜依然在他的草场上吃着草。

七

南斯拉玛还是想去一趟米都格达热家。

南斯拉玛和寡妇米都格达热是好朋友。看见萨勒吉德日益老去，南斯拉玛想他得有一个老伴儿，所以从七八年前就想撮合萨勒吉德和米都格达热一起过日子了。先是跟米都格达热商量了一番，见她没说不，南斯拉玛和东吉拉就劝萨勒吉德一定要去见一见米都格达热。萨勒吉德歪着脑袋笑了笑说："算了，别给人家添麻烦了。"东吉拉说："她一个人挺难的，跟了你不是有了依靠吗？"南斯拉玛说："我已经问了她的意思，也说了你愿意跟她过，人家现在可是在等你呢，你要是不愿意，那就自己去说吧。”萨勒吉德没了办法，挠着头说：“那么……不管怎样得去见一面了。”之后，见萨勒吉德经常去米都格达热家。但是，过了这么多年，没见什么动静。

米都格达热家在嘎查边上，比较远。南斯拉玛骑着马出发了。她看见米都格达热在草场上放羊。

“萨勒吉德没来吗？”南斯拉玛问。

“最近没来啊。”米都格达热说，“姐姐，去家里吧，咱俩喝茶聊聊天。”

“这儿就行，你的羊进了别人家的草场就麻烦了。”南斯拉玛说，“萨勒吉德好像去了什么地方，但是谁都不知道他去了哪里。”

米都格达热叹了叹气，低头良久后说：“我早就料到他有一天要离开的。”

“你怎么知道他要离开呢？”南斯拉玛问。

“那年，姐姐你不是劝我跟萨勒吉德过日子吗？之后他经常来，但就是不能下决心一起过日子。我理解他是怕给我带来麻烦，所以这些年就这么过去了。但是，到了后来我们都坚信彼此就是老来时的伴儿。这期间发生了很多事。那年不是来了一个大领导，在会议上批评萨勒吉德吗？后来他的名声不好了。他来我家笑着说挨批的事。起初是在笑，后来就哭了。他说自己丢了家乡的脸面。……我劝他来我这里过。他说那样也好，我把那边的草场分给两个儿子吧。但是，后来……”

“后来怎么了？”

“你们的两个儿子之间有了矛盾……”

“什么？真的吗？”

“真的。萨勒吉德怕你难过，就没跟你说吧。”

“怎么了？”

“有一天，德各吉日呼跑到他爸爸那儿说，爸，你别想着跟别人过了，我来照顾你吧。萨勒吉德很奇怪地问他，怎么说起这样的话。德各吉日呼说，听说你要跟米都格达热阿姨过日子，那样没必要。如果你跟米都格达热阿姨成了家，你名下的草场就进了人家孩子的手。萨勒吉德听罢才明白，儿子的心思不在自己身上，而是在草场。萨勒吉德说，那个草场迟早是你们的，但不只是你的，你哥也有份儿。德各吉日呼却说，如果爸爸把草场各分一半给哥哥和我，那么您的生活费，我们俩也得分摊……”

“这畜生！”南斯拉玛骂道。

“胡格吉呼知道弟弟的想法，气极了，兄弟俩大吵了一架。萨勒吉德喝醉跑来我家，说起这件事就哭。姐姐你肯定想不到，接着事情更加复杂了……”

“接着又怎么啦？”

“我儿子不是在旗里打工吗？德各吉日呼去旗里见我儿子说，我爸要和你妈过，我爸要是过去，我们家的草场可不能过去。草场是要给我和哥哥的，我想先跟你说明白了。你知道我儿子说了什么吗？他说你爸最起码应该将三分之一的草场转到我们家。他空着手来我家白吃，难道是乞丐吗？就这样，两个人打得头破血流……”

“啊，这些没人性的玩意儿！……”

“这些事之后，萨勒吉德好久没来这儿。十几天前忽然来了，说我俩要是一起过日子，孩子们肯定会伤和气。我们还是各过各的吧，反正都快死了，受点罪就受点吧，还能活多久呢？然后还说，在这片土地上我活了六十年，这几年想起家乡，心里就恐惧。要是离开这里，会怎样呢……我以为他只是说说的，现在看来是真话了……”

“姐姐，萨勒吉德什么时候都是很乐观的，可是……这几年……来我这里不知流过多少泪。”

南斯拉玛在回家的路上，不由得流泪。二十年前，我为什么要跟他离婚呢？如果在一起，他也不至于离开家乡而去吧？萨勒吉德现在在哪里呢？是不是真的一去不回还了？

八

离开家乡之前，萨勒吉德想了很多。

那天，他先去了东吉拉家，东吉拉和南斯拉玛哪个也不在家。然后想去看看两个儿子。他好久没去两个儿子家了。

那天的阳光很刺眼。他让马儿放慢步走上了一个坡儿，看见两个儿子的家，以及两家之间拉起的铁丝网。而且他看见两个儿子在铁丝网边上吵架。好像是胡格吉呼的马掉进了壕里，就在两个儿子身边。

他听不清两个儿子在说什么，只是看见他们大幅度地挥动着手臂，声音忽高忽低，看来吵得很激烈。虽然听不清他们的话，但是他猜到了他们为什么吵架。铁丝网边的争吵不都是为了草场吗？你看胡格吉呼的马，不是掉进壕里了吗？萨勒吉德没想去劝架，伤感地望他们好久，转身离去。

回到自己的矮土房后，他抓起一瓶酒猛灌自己。他喝到了天黑，然后倒在那儿打起了呼噜。

夜半时分，他骑上马走向野外。他在喝醉之前就已决定要离家乡而去！夜半醒来喝了好多凉茶，装了几瓶白酒，迟疑了一会儿，收拾起屋子。他想，我可能不会再回这个家了，收拾干净些吧。随后锁门离开。

他没有直接走。来到东吉拉家附近，久久地望着黑暗中朦胧可见的东吉拉家，发自肺腑地想，南斯拉玛你要好好活着。又走到两个儿子家后面的坡儿。他们的家被淹没在夜的黑暗中。他想，你们兄弟俩一定要彼此宽容和理解，你们可真不懂事啊。唉，你们都成人了，到底应该怎样生活，你们自己思量吧……

就这样，他开始了遥远的旅程。感到眼皮很沉，才想起自己下午喝了那么多的酒，大概也哭了很久。为什么哭呢？有什么好哭的？虽然这么想，当他走到嘎查尽头的时候，眼泪还是倏然而下……

无边无际的夜色，无边无际的蒙古草原。是的，若不是被铁丝网切割得看起来变窄了，实际上，蒙古草原是辽阔无边的啊。

他任由马儿向前慢慢走着，但还是不知不觉中走出很远。

……

东方渐渐亮起来，吹来清凉的风。躲在草丛里的鸟儿开始鸣叫，马儿也抬起头温柔地嘶鸣。萨勒吉德起身伸了个懒腰，向北望去，北面那道苍莽的高地在黎明中隐约可见。今天就去那儿，那里肯定是个更高的平台。走过那个平台是不是还有更高的平台？肯定会有的。这样走下去，会不会真就能登上天堂呢？因为没水喝，我和马儿肯定会受点煎熬，但还是走下去吧，反正已经来到这儿了……

天上有没有铁丝网呢？他想着想着，笑得像个孩子。

原文发表于《花的原野》2011 年第 1 期

千户猎

一

1953年仲春，我的家乡开展了猎狼行动。层层动员，从旗武装部拿来枪支弹药，解放后第一次“千户猎”即将开始。大规模的集体狩猎，在别的地方称之为“围猎”，在我的家乡鄂尔多斯却称其为“千户猎”。据说这个说法与过去蒙古地区实行千户制、万户制有关，以千户为单位组织的狩猎称之为“千户猎”。后来千户制、万户制不存在了，但这个说法却延续了下来。解放后的那次狩猎，虽然没有千户人家参与，但也足有老老少少两三百号人参与其中。

工作组跟当地领导连夜开会，研究部署了这次行动。

工作组组长阿尔宾桑曾在部队任营长，部署工作时也不失军人作风。他叫人拿来一张大纸，展放在桌上，手握一支毛笔说：“你们都过来。”参会的七八个人立马围了过去。

阿尔宾桑用笔画了一个椭圆：“这是勃尔克

席勒[1]。我们狩猎的范围在……”他指定了狩猎范围，要求参加行动的各组后天中午之前赶到指定地点。

大家一致点头同意。

“我的指挥位置在这里。”他在椭圆的一角上点了一个黑点儿，又补充说，“就在哈什亚图[2]井北坡上。中午十二点的时候，各组联络员来向我汇报猎围形成情况。”

有人说：“可是我们怎么能知道到了中午十二点呢？我们没有手表。”

又有人说：“大家各就各位之后去汇报就行了吧。”

阿尔宾桑说：“等围场封口，我就朝天开一枪，就算狩猎开始。”

其实这些事几天前早就说好了，阿尔宾桑现在重复这句，只是在做最后的正式宣布。接着需要探讨一个新的问题。

“现在定一下枪手名单。”阿尔宾桑说，“围场留

---

① 勃尔克席勒，地名。
② 哈什亚图，地名。

三个口子。恐慌的狼会从那些口子跑出来。所以每个口子上各安排六名枪手。百步埋伏一名枪手，若是第一个枪手打不中，逃出来的狼转眼间就会跑到第二个枪手面前。第二个射不中，那就第三个接着射杀……能从六名枪手的枪口下逃出去的狼，不会太多。不过，得安排一些好枪手。”

“我们这里复员军人有七个，未曾参军但经验丰富的猎手也有几个。即便如此也凑不够十八个人。你们工作组能否也抽几个人当枪手？”一位当地领导说完后，又有些犹豫，“不知能不能让那木斯莱也当枪手？他是个好射手，不过他当过国民党兵，还私自藏过枪支，是一个有问题的人……”

“我们工作组有两名复员军人，让他们当枪手好了。”阿尔宾桑又说，“那木斯莱嘛，也不是不能参加，但是……”他神情有些迟疑。

“应该让那木斯莱参加。他可是我们这个地方打狼能手啊。”又一位当地领导说。

阿尔宾桑说：“那就让他参加吧。不过你们得跟他谈一谈，教育教育。”

二

党和政府的号召

我们牧民的任务

恶狼是畜群的敌人

我们一定消灭它……

各组就这样高歌着，清早向勃尔克席勒进发。青壮年都是骑着马去的，附近的老人和孩子们徒步去的也不少。那些老人和孩子手里拿着水壶水桶等，准备在围猎开始后敲打那些东西惊吓野狼。挑选的十八名枪手太阳升起前已经各就各位埋伏了下来。

那木斯莱在围场东南口最外围的位置上。他四十五岁左右，目光锐利而沉静，皮肤黝黑。他擦了擦枪，又接着擦拭刚领到的子弹。那些子弹闪闪发光甚是可爱。然而这些可爱的家伙发射出去击中目标物时，一个鲜活的生命会随即消亡。它是蛰伏在铜壳儿里的夺命天使，屠杀时呼啸而飞的神秘小鸟，让男人爱不释手的神奇东西。没有了子弹，枪跟烧柴棍儿没啥区别。不过奇怪的是人们更看重枪，而不怎么看重子弹。那木斯莱当兵时他们那个连队被授予“功勋枪”称号的枪有三支，其中之一是那木斯莱的。那三支枪，有一支曾经放倒过七十六个鬼子，有一支曾经从千步之外夺去一个日本军官的命，那木斯莱那支呢，曾经一枪打断过日本敢死队的战旗旗杆。那木斯莱入伍不久就有了神枪手的美誉，连长叫苏德纳木，只要开战就把他叫到身边。那次与日军作战，日本敢死队举着战旗怪叫着冲向他们。看着不顾机关枪的扫射，蜂拥杀过来的日本兵，那木斯莱心想，这些小矮子可真是疯了。苏德纳木连长跟他说：“看到那面战旗了吗？射断它！”那木斯莱问：“不射人，射那个破旗干啥？”苏德纳木连长训斥他：“你没见那面旗帜向哪儿挥舞，那些军人就冲向哪儿吗？少说废话！”那木斯莱狠狠地咬紧牙关瞄准并扣下扳机。射断两百米外晃动的旗杆，虽说有些不可能，但奇怪的是那木斯莱却丝毫没紧张。一枪过去，便射断了那个旗杆。日军忽然原地不动，都愣在那里。就在这个时候，苏德纳木连长一声令下，喊着“冲啊！”，整个连队像洪水一般冲向了敌人。苏德纳木连长特别珍惜那支被射断的旗杆，送到上级，为那木斯莱请了军功，又授予他那支枪为“功勋枪”。这种做法是苏德纳木连长的独创，他是草原蒙古人，大概从草原人祭敖包的时候，命名得了头名的骏马和头名摔跤手的做法中得到了启发，并将那个做法移用到战场上了。

日本投降后，那木斯莱退伍回了家。苏德纳木连长跟他说：“你的马，你就骑回去吧，那匹马就送给你了。”那木斯莱说：“马就不用了，我想把我的枪带回去。”苏德纳木犹豫一番后还是答应了他，还给了他五十发子弹。那木斯莱没家没业。回乡后跟邻居借了一个毡房，正思谋下一步生活的时候，勃尔克席勒的狼袭击了附近几家的营地。

一天，朵丽玛来到那木斯莱家。

“啊，你好吗？”那木斯莱问候。

“在你回来之前，还好……”朵丽玛说。

“那是说我回来之后就不好了？”

“狼群袭击了我家营地。”

“我也听说了。可是这个跟我的回来有啥关系？难道是我领着那些狼回来的？”

“你不是背着枪回来的吗？”

“那又怎样？”

“据说，狼跟背着枪的人是有仇的。”

“那么，狼群袭击你的营地，是我惹的祸？”

“不管怎么说，勃尔克席勒的狼群可是把你当眼中钉了。要是你那支破枪不是烧柴棍儿，就不能吓唬一下那些狼？”

那木斯莱看着朵丽玛。想起当兵十几年，他曾梦见朵丽玛两回或三回。他不太明白，家乡那么多女孩，为什么就单单梦见了她？当兵十几年，他一次也没回过家乡，所以没见朵丽玛也有十几年了。然而奇怪的是，有时也会想朵丽玛一定变化很大吧？今天见了朵丽玛，感觉她跟他的想象几近一样。皮肤黑了粗糙了，眼角有细纹了，嗓子稍稍沙哑了……怎么那么像他想象中的样子呢？

那木斯莱说：“我一定能让你知道我背回来的不是烧柴棍儿，而是一支功勋枪。过几天我给你送去几张狼皮，而且就是袭击你营地的狼皮。”

朵丽玛揶揄道：“真好，我正想做一个狼皮褥子。”

“到冬天的时候，我拿狼皮给你包毡房……”

第二天，那木斯莱背着枪奔向勃尔克席勒。那么一去不要紧，他跟勃尔克席勒的狼结下了仇恨。

三

那木斯莱感觉到勃尔克席勒今天变得那么寂静。是那些狼知道自己已被包围了么？大多数应该不知道的。不过，被他称为“孽灰”的那只公狼，可说不好。那可是一个狡猾的家伙！

这些年来，那木斯莱几次差点要了它的命，最终都以失败告终。有时他想，如果狼会发笑，那么它一定是在嘲笑我吧。

勃尔克席勒真是狼的世界。那里有七群狼，不过其中最厉害的是孽灰。它是一个以毅力、智慧、凶狠超然于其他几个狼群的家伙。

为了让朵丽玛知道他背的是枪而不是烧柴棍儿，第一次去勃尔克席勒时那木斯莱信心满怀。不曾畏惧过扛枪的敌军，说是怕了一个畜生，那岂不笑话？如此一想，仿佛勃尔克席勒的狼群都在等待着死亡一般。方圆四十里地，这个地方没有人烟，仿佛空气中都有危险的气息在凝固。他走到一面坡地上休息时，看见那边的洼地里几只狼在徘徊。他坐在那里，瞄准射击了其中最壮实的一只狼。那只狼倒下了，其余的都跑了。那木斯莱想，第一个用枪声打破勃尔克席勒宁静的人，应该是我吧，不到几个月，我一定能把勃尔克席勒的狼群清除一空。之后的三天里，他又打死了七只狼，将狼皮挂在枪杆上，朝朵丽玛家走去。七张狼皮，两张给朵丽玛母女吧，剩下的五张拿出去卖了，给她们买点茶啊布啊……他心里美滋滋的。

然而，迎接他的是朵丽玛愤怒的眼神。

“你知道自己惹了多大的祸吗？”朵丽玛呵斥道。

“我又给你惹什么祸了？”

“你在勃尔克席勒耍枪时，那些家伙又来袭击我们几家的营地，损失惨重……”

“啊，真的？”

“一天夜里，忽然来袭击，咬死了五六十只羊！”

“怎么又是我的错了？那我该怎么办？”

“这是狼在报仇呢……”朵丽玛伤心地看了看他，叹了一口气。

那木斯莱和狼之间就这样结下了仇恨！

勃尔克席勒有七群狼，其中孽灰的狼群虽然数量不多，但数它们最凶狠，最狡猾，因此它们也是其他六群狼的头。只要那木斯莱去勃尔克席勒，孽灰一拨儿定会来袭击他几个邻居的营地，而且袭击朵丽玛的营地时最狠，这几乎成了一个规律。那木斯莱不明白狼的思维是怎样的，但是他明白一个道理，那就是，为了邻里免遭祸害，他不能再去勃尔克席勒了。那木斯莱恨狼恨得咬牙切齿。他想，不是自己战胜了狼，而是狼战胜了自己。他感到无比羞愧。邻里们没因那木斯莱与狼为敌而感激他，遇见了他反而会说："我的那木斯莱，你把那个烂铁扔了吧，我们也消停消停。"然而，就算不去勃尔克席勒，那些狼也没有轻易放过他的意思，时不时来祸害他。

有一次，那木斯莱去串门，回来时，狼们把他蒙古包的围绳咬断了不说，在他门口喷了一摊狼便。那木斯莱差点气炸了。又过了几天，一天夜里，狼群围着他的蒙古包嚎叫到天亮。如此一来，那木斯莱不能离开自己的蒙古包了，夜里也睡不踏实了。

再过几天，他跟孽灰碰了个正着。

那是一个薄雾轻漫的清晨。那木斯莱睡醒后出去撒尿，看见一只狼蹲在他的前方望着他。那木斯莱站着没动。那只狼也没动。那木斯莱知道自己不能动。要是转身回去拿枪，那家伙一定比自己还快，会扑过来撕碎他。这可是短兵相接啊……

虽说是第一次遇见，那木斯莱能断定它就是孽灰。孽灰在离他二十几步外觑视着他。淡定冰冷的眼神中有一种不屑的意味。仿佛在说："你就是那个枪手吗？看来也就是这么一个不起眼的家伙啊。"

"迟早我得要了你的命。不信，你等着瞧。"那木斯莱望着孽灰的眼，心里这样想。

"懦弱的家伙们才会啰嗦要这样要那样。谁知道呢！"孽灰张开嘴巴吐出长舌舔了舔嘴唇。那木斯莱看它像是在发笑。"你就知趣点儿，老实点儿，不然我不会放过你那个女邻居。我会把她家的营盘洗劫一空。"

孽灰好像说完了，转身走了。

"你！……你！"那木斯莱气急败坏地跳起来。他觉得不紧不慢走去的孽灰仿佛在讥笑他……

四

“决定让你当明天的千户猎枪手。”

“哦，好的，好的。”

“这是组织对你的信任呀！”

“哦，好的，好的。”

“当枪手，自然会给你发枪和子弹。你要正确对待组织的信任。”

“哦，知道了……”

当地领导跟他进行了这番谈话。那木斯莱没说句多余的话，但是他顷刻想到孽灰，这次可以要了它的命。

那木斯莱的家乡 1950 年春天得到解放，到了秋天，开始收缴民间收藏的军用武器。那木斯莱不想缴枪。他从小喜欢枪。记得小时候，家里来了带枪的人，他就特别高兴，悄悄过去摸人家的枪。十几岁就跟着猎人跑，二十岁之前拿一头牛犊换了一把火枪，几年后参军成了神枪手。在他的心里，枪和子弹是有生命的，是他爱不释手的伙伴。上过油之后，枪的那种气息，推枪机时那种悦耳的声音……仿佛在对他呢喃：我的朋友，我在你身旁。所以，退伍的时候他没要马，而是背着枪回的家。虽说年过四十，还光棍一个，但他从未孤独过，因为心爱的枪陪伴着他……

上级两个干部初次来收缴枪支时，他避而未见，再去时他说把枪卖掉了。两个干部有点生气，从牛粪堆里搜出他的枪，押他去努图克[①]关了三天。国民党那么多官兵，除了逃到台湾的，其他的都缴枪投降了，你怎么就不愿意缴枪？想干什么？面对这般训斥和问话，那木斯莱开始紧张了，他说我爱枪，所以才这样，没有任何其他目的。他反复认错，三天后就放回来了。但干部们将他当作了反面教材，教育群众时说，有些参加过国民党军队的人违抗缴枪，你们大家要提高警惕。私自收藏枪支的人们听了这话都很害怕，于是缴枪工作进展十分顺利。然而，那木斯莱却成了地方领导们眼里的可疑分子。那木斯莱无话可说，自己确实参加过国民党军队并

① 努图克，蒙古语，意为“故乡”“营盘”“领地”。也指解放初期内蒙古自治区牧业地区的行政单位，区所属地。

有私藏枪支的事儿。

那木斯莱被缴枪之后，勃尔克席勒的狼群更加猖獗了，经常来围着他家转悠。一次，他从朵丽玛家回来的时候，见孽灰朝着自己走来。那木斯莱止步了。孽灰却也原地躺下了。那木斯莱心里恨恨的，却一点办法都没有。这个家伙知道我没枪，在欺负我。他只好咬着牙，绕道而行。

五

那木斯莱先是把五发子弹压进弹槽里，然后等待狩猎开始的信号。太阳高高升起，天气十分炎热。狩猎行动该开始了。

他想起孽灰。这几年他有时想起孽灰，心里不由得奇怪。他不知道狼的那些坏点子是怎么想出来的，只是觉得狼的智慧一点都不亚于人类。只要那木斯莱去勃尔克席勒，孽灰就领着狼群来袭击他几个邻居的营地。而跟他来往密切的朵丽玛受害总是最惨重。这个结果，不只是几只羊受损的问题，还成功地将那木斯莱孤立于邻里中。人们认为狼群来祸害是他跟狼作对的结果。多狠毒的伎俩啊？如此这般几回后，那木斯莱再也不去勃尔克席勒了。他输给了孽灰吗？好像是这样，但他不服气。只要手中有枪，迟早有一天会要了那个恶棍的命。但后来枪被收缴了，他就气馁了，他想这辈子都没法收拾孽灰了。

可是，现在他又有了枪。那家伙是否知道呢？虽说勃尔克席勒有很多很多的狼，但他只关注孽灰。这些年来那家伙给他带来不少耻辱。什么时候孽灰滚倒在他面前，他才能解恨。

孽灰不知在不在这个围场中，这个问题让他头疼。那个狡猾的家伙也许早已带着伙伴们跑到别处去了吧。当勃尔克席勒上空枪声一片时，那个家伙说不准又在谁家营地上祸害羊群呢……

“叔！”

朵丽玛的女儿龙棠花来到他身边。十七岁的这个丫头真是神采奕奕。她牵着一匹马。

那木斯莱问：“你是骑马过来的？”看着龙棠花，想起了她母亲年轻时的模样。

“让我们一帮年轻人骑马过来，让我们追跑出去的狼。”

“追上了怎么着？用鞭子抽？”

“吓唬一下也行吧。”丫头从褡裢拿出一壶酸奶给他，说，“这是妈给你的。”

“你妈在哪儿？”

“达木丁叔叔他们几个拿着水壶水桶，在来的路上。”

“孩子啊，小心点儿。逃出去的狼要是被赶上了，会掉过头来跟你玩命的。”

“知道了，叔……”

龙棠花上马远去，那木斯莱久久望着她的背影。朵丽玛早年就成了寡妇，独自带着这个女儿长大。前几年，那木斯莱想跟朵丽玛一起过日子。后来，人们排斥他参加过国民党军队，私藏过枪支什么的，他就收了这份心。不过，朵丽玛母女俩倒是没有排斥他，经常过来帮他洗衣服，缝缝补补。

等待已久的枪声终于传来，子弹在勃尔克席勒上空呼啸而过。围猎正式开始了，喊叫声、击打水桶水壶声四面八方响起。好几百号人形成了一个包围圈，喊叫着，敲打着家伙向勃尔克席勒中心推进。包围圈在慢慢缩小。没过多久枪声四起，说明狼们开始往外逃。那木斯莱埋伏的这个口子里边也响起枪声，好像击中了一只狼。

过了一个时辰，往外逃的狼越来越多了，枪声一片。那木斯莱用三发子弹击中了三只狼。那些狼从弹雨中拼命地奔跑，跑过他面前时顺着枪声便倒下了。

夕阳西下时，枪声渐稀。那木斯莱他们这个围堵口，拿下了十五只狼，其中五个倒在那木斯莱枪口下。那木斯莱不愧是神枪手。要是最后一位枪手位置上的他没能射中，那么会有五只狼逃命。可是因为他的枪法精准，没有一只狼逃出他们这个围堵口。

那木斯莱丝毫高兴不起来，因为孽灰至今没见踪影。这次狩猎中有几个年轻人骑着马跑来跑去，担任着联络员任务。其中一个放马到那木斯莱跟前儿。

联络员说："围猎圈儿已经缩到很小了。阿尔宾桑组长说，枪手们都得往那边集中。"

参加狩猎行动的几百号人朝着勃尔克席勒中心围过去，现在走到了一个盆地周围。宽五六里地的这个盆地边儿上人群密密麻麻的，他们向彼此招手。勃尔克席勒的狼死的死，逃的逃了，剩余的一部分很有可能藏在这个盆地里。那木斯莱站在盆地的边儿上放眼望去，空气中有刺鼻的硝烟味儿，整个盆地很安静。这时一个想法突然闪入他的脑海：孽灰就在这个盆地里！这个想法是那样地突如其来，而且又是那样地坚定不移。那木斯莱知道唯有猎人才会有这样的直觉，而这种直觉总是八九不离十。他仿佛看到孽灰在哪一簇灌木下，用仇恨的目光望着他。起初他想，这个狡猾透顶的家伙也许在狩猎之前就有所察觉，离开了这里。现在他却更加相信自己此刻的直觉。孽灰可不是一般的动物，它一定是藏在人们意想不到的地方。当人们以为勃尔克席勒的狼都逃光了的时候，那个家伙一定是出乎意料地藏在这里呢！

工作组的组长阿尔宾桑和地方领导们来慰问枪手们。“你们听从党和政府的号召取得了可喜的成绩。目前为止已经消灭了三十四只狼。这些狼要是活着，得祸害多少牛羊？不过，还是有一部分狼逃掉了。搜查完这个盆地之后，枪手们一定要再去追踪那些狼……”

朵丽玛来到那木斯莱跟前儿。“听说你今天收获不小啊。”

“可是没看见那个孽灰呢。”那木斯莱说。

“那只是你没看见而已吧，说不准被别的猎口上的人给打死了呢。”

“它应该遇见我，让我要了它的命，才是它的宿命。”

“但愿如此吧。”

可能是想恐吓狼，枪手们开始朝盆地开枪。然而，盆地里好像没有喘气的活物一样，静悄悄的。

“继续缩小包围！”阿尔宾桑喊。人们围了过去。围圈越来越小，忽然有一只狼窜出来，突围出去。人太多，枪手们怕出意外，谁也没敢开枪，只好望着它扬长而去。不过人们又很快发现一个姑娘追赶着那只狼而去。

“那是谁啊？”

有人说：“龙棠花。”

六

龙棠花这个姑娘骑术很好。现在她正追着前面的狼，一刻不懈怠。她的马也比任何时候都快，快马驰骋时耳畔的风呼啸而过。前面的狼也在拼命地跑。她对它们恨得咬牙切齿，她怎能忘了它们曾祸害那些老实的羊呢，她也忘不了母亲眼里噙满了憎恨的泪水。她们母女俩与世无争，这些狼为啥就不放过她们呢？

越过几道梁进入平川时，前面的狼明显慢了下来，说明它没劲儿了。然而龙棠花的马好像跑得越发快了。狼和马的距离越来越近了。龙棠花遇到了一个问题，追赶上这只狼后该怎么办呢？走投无路的狼，据说会拼命一搏的。她想起了那木斯莱叔叔说过的话。她想到了马镫。她稍稍倾斜身子，摘下了右边的马镫。她看见前面的狼踉跄了一下，一眨眼的工夫，龙棠花的马也到了狼跟前。就在这一刻，跌倒的狼忽然起身向她反击。狼那个张大的嘴巴，凶狠的眼睛接近了她的膝盖，她挥起马镫朝它的鼻子打了过去。她的马跑出五六十步外止步回望时，那只狼已经瘫在那里。

七

那木斯莱把枪横放在膝上，坐在盆地边儿上。

朵丽玛站在他身旁。参加狩猎活动的人们大多都回家了，枪手们去追逃出去的狼了。

“其他枪手都去追了，你咋不动？”朵丽玛问。

“哼，他们都中了孽灰的计！”

“什么？”

“刚才在盆地里跑出一只狼，你没看见么？”

“见了啊……”

“那可是孽灰最爱的母狼。”

“啊？是真的吗？”

“那么多枪手向盆地开枪，结果只跑出它这条狼。轮到谁想，谁都会认为这个盆地里除了它就没别的狼了！接着阿尔宾桑组长宣布了狩猎结束，让人们解散了。其实，这是孽灰的阴谋。它在最危难的时候，让自己最心爱的母狼向外逃，吸引了人们的关注，自己留在了这个盆地里……”

“留……哪儿了？”

“就在这个盆地里。”

“快找找，灭了它。”

“不行，一会儿就太阳西沉了。”

“那咋办？”

“不过它的死期已到了。”

“啥时候？”

“明天！”

“明天……？”

第二天，勃尔克席勒边儿上举行了狩猎行动总结大会。这次围猎总共消灭了三十九只狼，其中枪手们追杀的有四只，龙棠花拿马镫打死的有一只。人们立起两个柱子，中间拉了一道绳，把三十九张狼皮挂在上面。朵丽玛在人群中望了半天，没见那木斯莱的身影。群众大会，牧人们都穿上了好看的服装。龙棠花脖子上系了红彤彤的围巾，面带微笑，神采奕奕。这个女孩，昨天把那条狼驮在马鞍后返回来时，可是让大家又是惊讶又是赞叹。

会议马上要开始的时候，忽然听到勃尔克席勒深处的枪声。没过多久，那木斯莱枪杆上挂着孽灰的皮，回来了。他把狼皮挂在绳子上，什么也没说。

“怎么了？”朵丽玛问。

“我自己找了一个地方，设下埋伏等待那个家伙出现，我等了一整夜，它并没有出现。我耐心地等到晌午。忽然见它从灌木丛中伸出脑袋。就那一刻，我开了枪……”

“还是你赢了。”

“我没赢，我被它骗了。”

“你不是把它打死了吗？”

“我的枪声响的那一刹那，那家伙就倒下了。我跑过去一看，它已经死了。我正好打中了它的头。不过那家伙像是没断气一样，双眼一直瞪着我。你怎么让我要了你的命呢？你可是一个狡猾的家伙。我有点怀疑，又往那边看了看，却看见了一个狼崽跑去的踪迹……”

“它们怎么这么聪明呢！”

“它是为了给狼崽争取逃走的时间，忽然在我面前伸出了脑袋的！我知道那个狼崽是前年出生的。那时经常见它们狼群里有一只狼崽的踪迹。那个狼崽的父亲是孽灰，它的母亲应该是被龙棠花打死的那只母狼。”

“你没跟踪那只狼崽？”

“没有……”

“怎么不跟踪？”

那木斯莱低着头久久沉默，叹息道：“狼再凶狠，为了孩子却不惜生命。我想，还是放过那只狼崽吧，它的命是它的父母用生命换来的。那个狼崽长大后，一定会回来为父母报仇的。那个时候再说吧。不过，狩猎行动结束后，我就没枪了……”

朵丽玛没再言声。

大会开始了。阿尔宾桑组长讲完话之后，宣布这次狩猎中表现突出的十名打狼英雄，每个人奖励一条毛巾、一个日记本外加十发子弹。龙棠花成了十英雄之一，接过奖品，朝大家微笑着。

“怎么就没有你呢？你打死的狼比谁都多，六只啊。”朵丽玛说。

“我参加过国民党军队，又私自藏过枪支，怎么可能受到嘉奖？”那木斯莱叹息，“可别跟别人说我放掉了一只狼崽，让它活着吧。”他把枪和剩下的子弹交给朵丽玛说：“散会后把这些交给干部们。我现在要回去了。”

原文发表于《民族文学》2016年第1期

赫穆楚克的
破烂儿

一

自从赫穆楚克的破烂儿出现，我的家乡就麻烦事不断。新媳妇舒仁其其格因胯骨粉碎性骨折失去了生育能力，希拉布珍惜如命的好马挣断缰绳狂奔，几户人家的围墙和牲口圈被撞塌，巴雅尔的小孙子半夜惊醒哭闹个不停……宁静的家乡从此失去了安生。

赫穆楚克的破烂儿是一辆旧卡车，但是乡亲们不叫它卡车，而叫它“赫穆楚克的破烂儿”。青蓝色的油漆一块块掉得不成样子，一边的灯坏了，另一边的灯不该亮的时候亮，该亮的时候却不亮，喇叭半夜自己会响，车门破烂不堪。赫穆楚克的破烂儿能不变成这样吗？自从赫穆楚克买了它，从旗里开回来的路上掉进沟里伤了下巴颏之后，大小事件几乎从来没有断过。

买车回来的第二天早晨，邻居的新媳妇舒仁其其格专门来看汽车。赫穆楚克下巴颏肿了，笑起来虽然歪向一边，可还是喜形于色。他向舒仁其其格夸耀了一番自己的卡车。“跑得快吗?”舒仁其其格问。“能不快吗?”赫穆楚克说着就上了车打算炫耀一番，也许刚学会驾驶就买了车的人都喜欢这样炫耀。汽车发动后忽然冲向前，但不是向正前方，而是冲向站在斜对面的舒仁其其格。舒仁其其格除了逃走，就没了别的招儿。可是舒仁其其格跑向哪儿，汽车也拐向哪儿，追赶着她。起初，舒仁其其格以为赫穆楚克在和她开玩笑，但是回头一看赫穆楚克的脸红得奇怪，眼睛也异常地瞪得大大的，还从车窗探出脑袋大喊：“你这人怎么回事啊……怎么汽车往哪儿开你往哪儿跑……”舒仁其其格继续跑。可是两条腿的人怎能跑得过四个轮子的卡车呢?转眼间车厢盖儿撞了舒仁其其格的胯骨，勉强停住车的赫穆楚克大呼小叫着下车时，舒仁其其格已不省人事。

随后就乱成一片，送舒仁其其格去医院急救，警察来跟赫穆楚克问这问那，邻里间开始争吵起来。把自己的新媳妇看作掌上明珠的舒仁其其格的丈夫特古斯戳着赫穆楚克的鼻子大骂：“你买了那玩意儿是想杀人吗?如果我老婆有个三长两短的，你也休想活命。杀人我也会……”赫穆楚克的老婆也捶着膝盖哭道：“我不让你买，你非拧着买那么一个玩意儿。这回好了，你跟它过吧。我带着儿子跟你离婚。”一些没钱买汽车的人也幸灾乐祸：“看来还是骑马好啊，即便没有马骑，就是步行也比它强。”

就这样，赫穆楚克被淹没在咒骂与鄙夷之中，彻底被乡亲们冷落了。但有一天却有一个人专门来看他。来看望他的这个人叫顿都卜，是他的发小，十分善良，生活却一直很困难。顿都卜把朋友之间的友情看得比什么都重要，假设他只有一碗饭，他肯定让朋友吃，而自己饿着肚子却比吃饱了还高兴。那天顿都卜来到他家，因为是来到了朋友家显得很随便，与赫穆楚克两口子说笑着，喝了赫穆楚克老婆端来的奶茶，后来甚至跷着二郎腿躺在炕上说话，最后拿出五百元钱放在炕桌上。

“我听说了，你遇到了一点麻烦。我就这么一点钱，你先拿去对付吧。”顿都卜说。

顿都卜放下钱就走了，赫穆楚克两口子赶忙追了出去。顿都卜回头咧嘴笑了笑，看样子很愉快，迈着大步走了。赫穆楚克望着朋友的背影，眼眶里噙满了泪水。他刚才看得清清楚楚，顿都卜穿着一双旧鞋，鞋上有好几个洞，但他却给朋友送来了五百元钱！

“我们必须永远对得起这样的人。”赫穆楚克对老婆说。

赫穆楚克的破烂儿在家门口闷了几天后，终于有一天颠簸着向公路奔去。这也很正常，花了几万块钱买了这么一个东西总不能老是停在家门口吧。之后，村里人经常看见赫穆楚克开着它来来去去。赫穆楚克的老婆脸色也开始晴朗起来，见了人就说：我们家赫穆楚克最近收入不少呢。赫穆楚克还专程去看望出了院在家休养的舒仁其其格，并给了两千元的医疗费，说：“先给这些吧，过后我会补偿全部的医疗费。”

不管怎么说，事情似乎就这样过去了……不料，又出了事。

或许，人发了点财就容易大意。有一次，赫穆楚克给某个公司拉货挣了一些钱，想一想自己这些天的辛苦，打算怎么也得美餐一顿犒劳犒劳自己。他进了旗里的一家餐馆，点了一些档次比较高的饭菜，买了一瓶酒就喝开了。爱喝却喝不了多少的赫穆楚克喝到半瓶的时候就醉了，感到一身的疲劳烟消云散，忘了要住店休息的打算，哼着“我们的生活真美好，明天会比今天更美好”的歌，向家乡一路疾驰而去。

那一夜，巴雅尔老汉夫妇在小孙子的两侧睡得正香。忽然一声巨响，熟睡中的他们就感觉到身子下边的炕在来回摇晃，还有一些软硬不一的东西纷纷掉落在他们的脸上。巴雅尔老汉以为自己在做梦，只听见老婆在一旁嘟囔：“这是……地震了吗？”然而，一阵风凉凉地袭来，巴雅尔睁开眼睛，只见一个庞然大物耸立在旁边，顺此庞然大物望去，远处是朦胧月色下苍茫的草场。这一面应该是有一堵墙的呀，现在怎么会看见草场啦？巴雅尔老汉这样想着就断定自己肯定是在做噩梦。但他又能真真切切地听见老太婆在一旁哄着哇哇大哭的孙子。于是他就不明白是怎么回事了，说是梦吧，孙子的哭声、老婆子的话清晰可闻。说是真的吧，房屋的一面墙已经不见了，一个庞然大物顶在他身边，而且还哼着“我们的生活真美好，明天会比今天更美好……”

老婆子的骂声让他从恍惚中清醒过来。

“你还活着没有？出了这样的事你还在躺着……”老婆子在一旁责骂。

巴雅尔老汉这才明白不是梦境而坐起身。但实在想不起来在墙根上耸立着哼唱“我们的生活……”的庞然大物是什么，神情茫然。

“那……这是什么呀？”

“还看不清是什么吗？赫穆楚克的破烂儿上了咱们家的炕了！”

“啊……”

巴雅尔老汉夫妇俩惊恐得快要疯了，小孙子也哭闹不停。年迈得了这么一个孙子，把他当作心肝宝贝不说，孩子的父母进城打工的节骨眼儿上发生这样的事，确实让巴雅尔老汉夫妇气不打一处来。醉鬼赫穆楚克还在车里哼唱：“我们的生活……”老汉夫妇已经抱着小孙子找嘎查书记告状去了。

巴雅尔老汉平时虽不爱说话，但是发起火来也是要命的。他生气的当儿，谁遇见他都不会有好果子吃。拂晓之前他闯进嘎查书记的家门，喊叫谩骂一直到早晨，此时大汗淋漓的赫穆楚克才气喘吁吁地追过来。

被巴雅尔骂了半宿的嘎查书记见到赫穆楚克恨不能撕碎了将他一口吃掉：“尊贵的阁下，您给我们说说，昨夜您到底干了什么？想怎么处理您惹的事？”

“啊，我……”赫穆楚克的脸红一阵白一阵，“我就是开着车顺着路跑来着，可不知不觉地……”

“难道你的那条路是从巴雅尔家炕上经过的吗？”

“嗐，我真不该喝那么多酒的，醉了……”

“幸好是喝醉了，你才把车停在炕上，要是清醒你会不会把车开到房顶上啊！听说你还哼着歌呢，来，现在再哼一遍吧，我也想听一听。”

赫穆楚克没哼歌儿，反而哭了。看他哭得像个泪人儿似的，大家也就消了气。

嘎查书记说：“好了别哭了，巴雅尔现在没房子住了。怎么办？”

赫穆楚克说：“我找几个好泥瓦匠修，一定修得比原先好，我会赔偿他们损失的。”

赫穆楚克好像挺能挣钱。但是把挣来的钱都花在诸如治疗舒仁其其格的伤，修巴雅尔的房屋等事情上，而且事情还在接二连三地发生着，如本文开头所说，希拉布的马挣断缰绳狂奔，几户人家的围墙和牲口圈被撞塌，等等等等，没完没了。大伙儿只要看到赫穆楚克的那个破烂儿，就不由得从心里感到厌恶，有的还拿它当笑料。

“据说赫穆楚克的破烂儿惊散了羊群……”

“据说小孩子们一听赫穆楚克的破烂儿来了，就会停止哭闹……”

“不知道有没有开汽车上炕的比赛？有的话，可以让赫穆楚克去参加。那老哥可是哼着歌就能拿了冠军的。”

“听说舒仁其其格生不了孩子了。特古斯去找他算账的时候，赫穆楚克央求说可以当他儿子呢……”

二

有一天，老婆正在家熬茶，赫穆楚克气喘吁吁地走了进来。他不是去给羊群饮水的吗，怎么这么快就回来了？老婆想到这儿再看他，见他的脸已憋得通红，眼角还湿了。老婆的心提到了嗓子眼，心想这家伙今天肯定惹了天大的祸，不会是把谁撞死了吧？想着想着，腿都软了。最近，她落下了夜里失眠的毛病，还常常梦见赫穆楚克轧死了人，然后被警察铐走。白天也心神不宁。

“怎么了……”老婆问起的时候声音在颤抖。赫穆楚克的声音比她还抖得厉害，说：“在井口给羊群饮水的时候……巴雅尔老爷子来了……”

“你……你又……开车上了人家的炕？”

赫穆楚克受不了这样的问话，生气地说：“我走着去给羊群饮水的，怎么会开车上人家的炕呀？”老婆这才想起他那破烂儿还停在自家的门口，心才逐渐平静了下来。

“巴雅尔说什么了？”

“他说想把去年的羊皮，今年的羊绒卖到旗里，为找不到车发愁，问能不能用我的破车给运去卖了。”

“是吗？”老婆的脸上立刻有了光彩，好像自己的丈夫不是被巴雅尔老汉使唤，而是要把巴雅尔老汉叫到自己家里使唤一样开心。

“可不是嘛。”

“那就快去吧，明天就去吧。”

“好的，好的……”

“今天做干肉包子吃吧？”

“好的，好的。”

夫妻俩都觉得忽然轻松了许多，欢欢喜喜地包了包子，老婆还从柜子拿出了半瓶酒。几个月来挨骂挨怕了的他们今天比过年还开心。赫穆楚克喝了几杯后却哭了。

“几个月在大伙儿面前抬不了头。看来今后我们可以有模有样地生活了……”

“别人不了解你，我还不了解你吗？你这个人吧，有时候是晕乎了一点，其实你很善良，是一个乐于助人的好人啊！”老婆这么说着声音也哽咽了。

“即便乡亲们那样对我，我也不抱怨……”

“其实，乡亲们都不坏……”

他们俩聊得很开心，喝完了半瓶酒后，老婆开始洗漱涂脂抹粉，赫穆楚克出去看看舍圈。当赫穆楚克回到屋里的时候，老婆已经钻进了被窝。

“怎么这么长时间啊，让我等这么久……”老婆面带红晕看来年轻了十岁。

第二天一大早，赫穆楚克发动了卡车，向巴雅尔家开去。

渐渐地，前来求赫穆楚克帮忙的人多了起来。

人们似乎终于懂得了，赫穆楚克的破烂儿尽管惊了羊群，撞了人，开上了人家的炕，自个儿也时不时地掉进沟里，但同时又是一个可以代步和运输的好东西。乡亲们走远门、搬运东西时总会想起赫穆楚克。赫穆楚克也愿意给任何人跑腿。也有小青年儿来求赫穆楚克教他们驾驶。这样一来，赫穆楚克多了几个擦车和装卸的帮手。

赫穆楚克乐呵呵的声音可以传得很远。他见了人就点起香烟，吐着烟雾，仰起脖子说话，开始神气起来了。赫穆楚克的老婆也开始穿起新式衣服，见了人就说："赫穆楚克从城里买来这玩意儿，非要让我穿，我还真有点不好意思呢。"

又过了两个月。有一天晚上，赫穆楚克从外面回来，将那破烂儿停在了房后，疲惫地进屋了。老婆给他盛了一碗奶茶，见他脸色不佳。

"累了吧？我赶紧做饭，吃完你早点歇息。"

赫穆楚克说："累倒是不要紧，可这样为别人卖命，什么时候是个头儿啊？最近为乡亲们跑车，费时费力还费了汽油，别说挣钱了，挣的那一点钱也都快花光了。"

“那……怎么办呢？”

“我也不知道怎么办才好。但要这样下去，我们很快就会变成穷光蛋的。”

“可是……乡亲们有了困难，才来求我们帮忙的呀。人家来求你的时候，怎能说不呢？”

“是啊，不帮他们吧，又得挨骂。我真的让人骂怕了。”

“可是……”

“或者……再有人来求咱们，咱们就说最近忙，没有时间。”

“嗐，干脆就说车坏了，又能怎么的？”

“好招儿！”

第二天，巴雅尔老汉来了。

巴雅尔老汉好像有点不好意思开口，犹豫着说：“我的赫穆楚克，原谅我的得寸进尺吧，我又要求你了。我那小孙子没见父母有一阵子了。我想跟老婆子带他进城，可是没有车啊……”

赫穆楚克踟蹰了片刻，看了老婆一眼。跟别人说汽车坏了，他还不犹豫，可是跟巴雅尔，他不敢那么说。他还是有点怕巴雅尔。再说，一想到半夜把车开上人家的炕，让人家孙子有了哭夜的毛病，就说不出一个“不”字。可是，赫穆楚克看到老婆的眼神很坚定。于是，他也有了勇气，说：

“车坏了。”

“是吗？那我只好想别的办法了。”巴雅尔叹气。

“我那个破烂儿突然出了点毛病。真是不好意思啊，请原谅！”赫穆楚克说起了客套话。

巴雅尔说：“你可别那么说啊，我可没少麻烦你。”就走了。

连脾气很坏的巴雅尔老汉都可以如此对付，赫穆楚克夫妇由此有了勇气。每每有人来求助，都以“车坏了”的理由拒绝他们。不过，他们还是担心这样会不会得罪乡亲们。然而，乡亲们非但没有生气，反而个个都脾气好了起来，出现了他们意想不到的一种局面。

有的缠着说：“老兄，求你了，想办法给跑一趟吧。”

有的说：“车修好了，最先给我跑一趟啊，我可是等着呢。”

还有的说：“说实话，不能总是让你的车白跑吧？今后用车，怎么也得给你油钱。”

这样一来，赫穆楚克夫妇放心了。不仅是放心，还长了心眼儿。他们早已懂得，人活在世上总是有求人和被人求的时候，但说实在的，过去是他们求人的时候多而别人求他们的时候很少。因此近来乡亲们不断地来求他们，他们才真正懂得了让别人来求自己意味着什么。让别人来求自己，意味着一种地位，一种优越，一种……获得好处的可能。明白了这个道理，他们内心豁然开朗，接着又想明白了很多，比如说怎么对付来求他们的人：别人来求你的时候，你千万不能答应得太痛快，而是应该说这个那个的理由稍微拿一把。那样人们才越发地好脾气，越发地求你。那时，也就到了获得好处的时候。

懂得了这些道理的赫穆楚克夫妇商量起今后如何应对来求助的人们。他们把乡亲们分了三个等级。上等人包括嘎查书记、嘎查长以及今后有可能对自己有好处的人。在他们面前是不能拿架子的，不能跟他们要任何报酬，只要他们有所求，必须尽快给办。下等人包括那些穷困的人。那些人来求助的话一点都不能理会，因为帮了他们，不会得到任何好处。上等人和下等人之间的就是中等人群，很多人都被包括在这个等级里。

这样商量好之后，两个人相互看着发呆。虽然谁也没说什么，但各自心里都想到了：我们这样做，乡亲们也许会说我们欺软怕硬吧？

三

其实事情远比赫穆楚克夫妇想得简单。虽然没有具体规定去哪儿收多少钱，没过多久人们开始进旗里给五百，去盟里给一千……夫妇俩很快就富了起来。给嘎查书记、嘎查长无偿跑了几次车后变得很有脸面。还有一次一个穷人家的孩子得阑尾炎，他深夜无偿地送到了旗里的医院得到了赞扬。顺路拉了盟日报社一名记者，记者给他拍了一张照片，不久报纸第四版靠下位置刊登了赫穆楚克从破车窗探头微笑的图片。赫穆楚克将那张报纸扔在炕桌上，来家里的客人喝茶时就可以看得到那张报纸，然后当然对他赞不绝口。

就在这个时候，一件事开始有了苗头。舒仁其其格虽说早就出了院，但已失去了生育能力。想起这事赫穆楚克心里很不是滋味，仿佛欠下了几辈子都还不清的债。所以，不时地去舒仁其其格家为他们拉点东西什么的，那当然是不收分文的。舒仁其其格也经常来赫穆楚克家串门。

一天，赫穆楚克独自在家，舒仁其其格来了。

舒仁其其格问："赫穆楚克哥不去旗里吗？"

"做什么？有事吗？"

"在家待着寂寞，想去旗里逛一逛。"

"那么今天去吧？"

"您今天有事要去旗里吗？"

"本打算明天去的，你要是想去，今天去也行。"

"那就走吧。"

于是，赫穆楚克、舒仁其其格二人开车去旗里，二人一路有说有笑，很是高兴。

赫穆楚克说："一想起让你变成这样，心里就难过。"

"没关系。据说女人不生孩子，可以延缓衰老呢。"舒仁其其格捂着嘴笑。

"好像还真有那样的说法吧……"

“你看我这身材，是不是看起来像个大姑娘？”说着，舒仁其其格又笑了。

赫穆楚克侧身一看，觉得舒仁其其格真的很漂亮，就说：“那还用说？你可是我们家乡的一朵花呀。”

“所以，我应当感谢你才对啊。你给我做了绝育手术，我才保持了少女的体貌。只是，那手术做得手重了一些。”

舒仁其其格这么说完放声笑起来，还不时用肩膀撞一下赫穆楚克，赫穆楚克笑得很开心。

赫穆楚克问：“特古斯是不是还在生我的气？”

“让他生气去吧。”

“怎么了？”

“我俩合不来了。”

“为什么？”

“他脾气很糟糕。”

“那也得过呀。”

“想凑合着过，但是努力也白搭。迟早要离的罢……”

赫穆楚克沉默了。

“赫穆楚克哥，学车容易吗？”

“很简单，你想学吗？”

“教教我吧。”

于是二人换了座位，舒仁其其格开着车在路上扭起了秧歌。太阳快落山时，舒仁其其格已经掌握了大概，不再歪歪扭扭了。到旗里已是半夜了。

后来，关于赫穆楚克、舒仁其其格这次进城之后的情形有了种种说法。其实，赫穆楚克半路上给舒仁其其格教驾驶以及到旗里之后两个人在馆子里喝酒，舒仁其其格微醉后向赫穆楚克目送秋波，赫穆楚克扶着舒仁其其格上楼时，舒仁其其格靠着他的肩膀……除了这些是真的，接下来的种种谣言是没有可信证据的。不过，舒仁其其格从此有了开车的瘾，总是来缠着赫穆楚克说去这儿吧去那儿吧，赫穆楚克的老婆见了舒仁其其格也会脸不是脸的了。

这时又出了一件麻烦事。有一个人开始缠住赫穆楚克了。那是一个叫照日格图的年轻人。他时不时地来缠着赫穆楚克学车。赫穆楚克是一个脾气不错的人，谁来都不愿意说不。可因照日格图有点吊儿郎当，他有些不耐烦。一天，照日格图来了，点了一根香烟吸了一口后吹向房顶，直盯着赫穆楚克说：

“你把你那破烂儿借我两天，我想进个城。”

照日格图虽然跟赫穆楚克学车在无人的路上能走一些，但还没到自个儿开车进城的程度。赫穆楚克摇头笑道：

“不行啊，连我都掉了多少次沟，撞了人家的墙，上了人家的炕啊。你开去出了事，那可怎么得了？”

如果换一个人，这事也就罢了，可照日格图就是不吃他这一套。

“一个破烂儿而已，没必要那么吝啬吧。”

赫穆楚克听了不高兴，不再言声了。照日格图并没有就此罢休。

照日格图说：“舒仁其其格来了你不会这样摆架子吧？”

听了这话，赫穆楚克既生气又心慌，因为老婆就在身边。

“舒仁其其格偶尔来说学车，我怎么能说不行啊？但她要一个人开车走，我也不会同意的。”赫穆楚克压住了怒火说。

“所以才两个人一起走的吧，听说吃也在一起睡也在一起呢。哈哈哈……”照日格图恶毒地大笑起来。赫穆楚克的老婆在一旁听着受不了了：

“照日格图你胡说什么，舒仁其其格是有丈夫有主的人。”

照日格图说：“是啊，可是最近闹着要跟她丈夫离婚呢，不知道为什么？”

赫穆楚克的老婆说：“唉，说实在的，是我家这家伙作的孽啊，让人家断子绝孙了。舒仁其其格的丈夫特古斯开始嫌弃她不会生孩子。”

“噢，那我可知道内幕了。我们老哥原来是在努力让舒仁其其格怀孕啊。加把劲儿吧，或许真就行了。”

赫穆楚克再也无法忍受，跟他吵了起来。吵得很凶。照日格图指着赫穆楚克的鼻子：

“我才不稀罕你那破烂儿呢，你早晚会跟你那破烂儿一起完蛋。”他谩骂着走了，赫穆楚克气得浑身发抖。

照日格图刚走，老婆又跟他吵起来了。

老婆说：“人们都说开车的都不正经，看来你也学会了那个。”

气得直发抖的赫穆楚克说：“照日格图的话你也当真呀？你有没有脑子？”

“不单单是照日格图在说，很多人都在说。”

“无中生有的事！”

“难道你不知道吗，无风不起浪……”

过了几天，更大的问题来了。苏木上的不少人来到了赫穆楚克家，有的是税收征管所的，有的是交通管理所的……在赫穆楚克眼里，这些大盖帽显得很威严，帽檐下的脸也如同一个模子里铸出来的一般。赫穆楚克心里不由得一凉，赶忙给他们倒了茶。

“你在搞运输吧？”其中一人问道。

“什……么？”

“你在用汽车搬运货物挣钱吧？”

“挣什么钱啊，人家来求我，有时候给点油钱罢了。”

其中一个笑道：“进旗里给五百，去盟里给一千，不只是油钱吧。”

赫穆楚克问：“你们听谁说的？是不是照日格图说的？”

“跟谁说的没关系，关键是有没有这样的事。”

其中一个说完了接着又说，“听说你用货车载乘客。这可是违反交通规则的事。”

“那是因为……人家有时求到我了……”

“不要老是忙着说别人怎么怎么的，先说说自己的事吧。”

赫穆楚克紧张得浑身是汗。

那些人说得很细很清楚。税务部门的说，牧民买汽车用在畜牧业上，是有免税规定的，可要是以营利为目的经营运输的话，各种税费都是不能免的。交管部门的说，要是经营运输，是要征得我们批准，获得专门执照才行，否则就是违法，再说人与货是不能混装的，听说你经常这样干；他们又接着说，处理你这类事，按制度是要罚款的。

那些人虽然不是很和气，但也并非那么凶。赫穆楚克觉得那些人不像是人，反倒像是播报法制节目的收音机。那些人临走又说：“几天后你去一趟苏木，罚款的事，那时再说。”赫穆楚克的内衣湿透了，贴在后背。

晚上，老婆从外面回来，赫穆楚克给她讲了白天发生的事。叙述的时候特别强调了大盖帽们的威严。老婆的脸顷刻煞白。想起那些大盖帽，赫穆楚克不由得打冷战。大盖帽，以前是只有警察才戴的，所以，见了大盖帽不由得联想到警察。想到了警察，就不由得联想到手铐脚镣、监狱牢房，等等。

"说是要罚款，要是说个天大的数，那可怎么办？"老婆说。

"那样的话，就把这破烂儿给他们算了，真是一个惹祸的破烂儿啊！"赫穆楚克咬牙切齿。

老婆眼睛不由得一亮："你终于清醒了，自从那破烂儿来到我们家，我们就没有消停过。把它处理了，我们会安生的。"

"好吧好吧。把这祸根处理掉就好了……"

正在这时，舒仁其其格进来了。

四

"嗨，苏木那几个酒鬼，有什么好怕的？"舒仁其其格又说，"拿酒灌他们就会变老实的。"

"我给他们端茶，他们连看都不看一眼呢。"赫穆楚克说着擦了擦额头上的汗。

“赫穆楚克哥，我看你啊，虽说你买了汽车在开，可你的思想境界还是停留在骑马的那个时候。现在可是需要更新观念和方法的时代哦。”

“是吗？”

“那可不是？你这是该怕的不怕，不该怕的反倒怕起来了。该愁的不愁，不该愁的瞎愁。没有更新观念的人才会这样。”

赫穆楚克看着舒仁其其格，愣了。更新观念的人，到底应该畏惧什么，为何事发愁呢？还有什么是可以不必畏惧和发愁的呢？不过，她说的一定是有道理的。想到这些，他不由得频频点头。

舒仁其其格进屋时，赫穆楚克老婆虽然脸色不好，但一听这话，就有了兴致：“怎么更新观念？给你这傻哥哥提醒提醒。”

“比如说……”舒仁其其格喝了一口赫穆楚克老婆端来的奶茶后说，“现在是拿钱来说话的年代，你们几个月前给人运送货物，还不好意思跟人要钱，于是费了油费了劲儿不说，还发愁。这是为什么呢？是因为没更新观念啊。那些大盖帽乱讲法制的时候，你不必害怕，而是应该想到找一个有权势的人压压他们。否则被罚了款，还要发愁。”

“可是……求谁呢？”赫穆楚克挠了挠头。

舒仁其其格说：“在嘎查书记、嘎查长面前你比他们亲生儿子还勤快不是吗？现在去求他们，他们能不帮你吗？”

“求人可真是难啊，他们不理会怎么办呢？”

“你看，你这就是被旧观念束缚的表现啊。你用汽车、汽油和劳动为他们提供了服务，他们也应该用权力为你提供服务，这跟做买卖一样。没听说过价值交换这个说法吗？进行价值交换的时候他们不仅不会反感，反而会尊重你。你要是光拍马屁而不会索取回报的话，他们反而有可能瞧不起你……”

“那么……我去跟嘎查书记、嘎查长说这事？”

“不说怎么的？直接跟他们说，要求他们给苏木的那些大盖帽们打个电话。”

舒仁其其格这么上了一课就走了，赫穆楚克夫妇心里豁亮了，不过，嘴上说的却是有所不同。

“舒仁其其格说得对呀。握着方向盘的人，应该改掉骑马时代的那个脑筋啊。”赫穆楚克说。

“不过，要改也不能改过了头。像舒仁其其格那样又是闹离婚，又是疯癫着要学车，也不怎么好。”老婆说。

舒仁其其格来过的第二天，赫穆楚克去找嘎查书记诉苦，嘎查书记立刻给苏木打了电话，一切问题得到了解决。嘎查书记打电话的时候，赫穆楚克在一旁一直看着他的脸，他觉得那副脸上写满了很多道理。

嘎查书记在电话里说：“我们的赫穆楚克想请你们到家里吃顿饭。所以让我代请你们……”

话筒那边传来某个大盖帽的笑声。

嘎查书记说：“要搬家，来不了？这有什么可发愁的？赫穆楚克的车不是现成的吗？给你搬个家，不在话下啊！”

赫穆楚克听愣了。

是啊，原来我真是活得稀里糊涂啊，赫穆楚克想着。又想起了舒仁其其格说的“价值交换”这句话。真理啊，这世上人与人之间的关系不就是建立在交易之上的吗？钱可以换权，权也可以换钱。我那个破烂儿为你服务的话，你也得给我回报。嘎查书记为什么帮我打电话？不就是因为我给他搬运东西了吗？照日格图为什么恨我呢？是因为我没给他用我的破车。要想对付苏木那些大盖帽，就得用我的破车给他们搬运东西。破车，可真是好东西啊。现在赫穆楚克我只有这么一辆破车，若有十辆八辆，苏木书记还不像我儿子一样在我跟前打滚儿……

赫穆楚克回来时已经非常开心了，不是因为逃脱了罚款，而是因为明白了这些道理。

“怎样了？”老婆问。

“嗐，原来是太简单的一件事。”赫穆楚克说完靠着摞起来的被褥，说，“宰一只羊，准备一下，明天大盖帽们要来。”

第二天，苏木的那些大盖帽们真的在嘎查书记、嘎查长的带领下来到了赫穆楚克家。于是，一场热闹非凡的盛宴马上要开始了。应赫穆楚克夫妇的邀请，之前被他们纳入到“上等人”的人们都来了。打扮入时的舒仁其其格也来了，又是唱歌又是敬酒的，没多久就都喝倒了。

大盖帽们高高兴兴地表态：“赫穆楚克，你的破烂儿今后在我们苏木的地盘上不必纳税缴费……不仅是在我们苏木，全旗范围内我们的熟人多的是，遇到什么事，给我们打个电话就行，我们会给你解决的……”

自此之后，权贵之客们便经常出入赫穆楚克家。邻居们虽然知道那些人去赫穆楚克家喝酒吃肉，却不知在吃吃喝喝之间谈论商量什么。即便如此，赫穆楚克在他们眼里还是显得很威风，有的见了赫穆楚克，会奉承赔笑，以前耻笑赫穆楚克的人也不敢再那样了。

“据说赫穆楚克不用缴纳交管费……”

“听说税都不用缴呢，真是一个有本事的汉子……”

“赫穆楚克在盟里被交警罚款，给一个熟人打了一个电话，那个交警不仅如数奉还了所罚金额，据说还请他喝酒，赔礼道歉了呢。”

“我们嘎查有本事的只有三个人，一个是书记，一个是嘎查长，另一个是赫穆楚克。其他人跟他们比起来什么都不是啊……”

原来，人这个东西地位变了，脾气也会随之而变。赫穆楚克有了自以为是的性格，并且开始对别人有所蛮横。舒仁其其格跟她的邻居争夺草场发生矛盾时，赫穆楚克去狠狠训斥了舒仁其其格的邻居。

跟舒仁其其格吵翻了天的邻居面对赫穆楚克居然没敢说一句话就走了。

说实在的，不仅崇拜赫穆楚克的人多了，痛骂赫穆楚克的人也开始多了起来。

“以前我们头上只有嘎查书记和嘎查长两个来着，现在又多了一个赫穆楚克不成？”

“那有什么办法呢？赫穆楚克再差劲，也有一个破烂儿，你我有什么呀？”

“有一个破烂儿怎么着？”

因为不管哪个嘎查都有一名书记和一名嘎查长，而无论他们好坏，大家都认了。可是，现在又多了一个赫穆楚克，众人心里就开始不舒服。所有人都看得出赫穆楚克为书记和嘎查长以及有钱人是无偿服务，对普通百姓不讲一分钱的人情，若是贫困人家的话，无论怎么求他都没用，所以骂他的人渐渐地越来越多。

五

有一天，苏木的一名大盖帽给赫穆楚克打来电话说："开你那破烂儿来一下，给我拉点东西。"

赫穆楚克答应好了刚要出门，一个人走了进来，原来是顿都卜。赫穆楚克老婆高兴地为顿都卜让座，端来了奶茶。见了顿都卜，赫穆楚克也高兴。

"近来怎么不到我们家来了啊？"赫穆楚克老婆端来奶豆腐和黄油摆在顿都卜面前。

"听说赫穆楚克开车挺忙的，心想着不能忙中添乱啊。"顿都卜接着又说，"但今天不来是不行了。我儿子跟一个姑娘定了亲。未来的亲家要搬家，让我给他找一辆车呢。因为我有你这样会开车的朋友，所以就满口答应了，让未来的儿媳妇也高兴高兴。"顿都卜越说越开心。

"啊，是吗？"赫穆楚克虽然是在笑，那笑却凝固在脸上。

说完要说的话，顿都卜高高兴兴地吃着奶豆腐喝着奶茶。

赫穆楚克心里却思绪翻腾。他知道应该无条件地帮顿都卜的忙。他永远不会忘记，在他最困难的时候是顿都卜来看他，还留给他五百元钱，当时顿都卜还穿着烂鞋呢。可是……可是，苏木上那个大盖帽还等着他呢……

“两天后……要是得空……”赫穆楚克说。

顿都卜说：“可不是两天后的事啊，据说今天是搬家的好日子。所以我才跑过来。”

“今天，我刚好有事……”

“把你那事往后推一推。”

正在这个时候，赫穆楚克的手机响了。一听就是苏木的大盖帽在那边嚷嚷：“你还在家磨蹭呀？”

“我这就去，别急啊。”赫穆楚克大声说，目的是让顿都卜也听得见。

顿都卜忽然沉默了，脸色暗淡下去，仿佛眼神也没了光。他以惊讶的却也是一知半解其中意味的、像是宽容又掩饰不住伤心的眼神看了赫穆楚克许久，勉强笑着说：“没关系，我自己再想办法吧……”话还没有说完便夺门而出。

赫穆楚克追出来望着他的背影，眼角潮湿了。他老婆也走出来目送顿都卜许久，狠狠地对他说：“你……真不是个人！”

赫穆楚克忽然狂怒起来喊：“每个人都已成畜生的年代，我一个人做人干什么？”

六

舒仁其其格买了新汽车，没过多久照日格图也买了一辆二手车，赫穆楚克的收入比以前少了许多。他们开车都是跟我学的，现在却开始要跟我抢饭碗了，这叫过河拆桥吧，赫穆楚克越想越懊恼。不过，懊恼也没用，他必须比以往更加辛苦地起早贪黑，才可保持收入。

苏木上要盖一栋楼，赫穆楚克在那儿找到了运建材的活儿，于是每天跑旗里拉来水泥、砖什么的。有一天，他开着空车往旗里走，看见一辆崭新的车装满水泥迎面开过来。舒仁其其格从车窗探出脑袋向他微笑，到他跟前停了车。

“赫穆楚克哥，要去旗里啊？”

“你……给谁运东西呢？”赫穆楚克边问边感到了不妙。

“给苏木运建材。”舒仁其其格笑得很妩媚，“我跟旗里的水泥厂签订了运输合同。”

“那……那是我的活儿呀。”

“你又是老脑筋了吧。不知道这是竞争吗？”舒仁其其格灿烂地笑着，按了按喇叭就走了。

赫穆楚克非常郁闷地继续赶路。老脑筋？竞争？去你爹的头！真是一个活该不能生育的婆娘，他心里骂了半天，往窗外使劲吐了一口唾沫。到了旗里，他开进提供钢材的大院。比穷人家的草库伦还要大的那个院子里，锈红的金属到处堆积如山，院最北面的一排红砖房子里有办公室、职工宿舍、食堂等。赫穆楚克把车停在那排房子门前，恰好碰见那里的几个人在食堂喝酒。从敞开的窗子一看，照日格图也在里边。供材料的一个人看见他，剔着牙出来。

“你别再来了，我们已经跟照日格图签了合同。”那个人说。

傍晚的一轮红日正在落山。

“这是什么话？这个活儿一直是我在做，不是吗？”赫穆楚克争论道。

“那你也没跟我们签订合同呀。”

“那么，现在签，不行吗？”赫穆楚克的语气开始有些央求。

“你想签就能签吗？我们愿意才行。”

"但是……"

照日格图打着嗝儿出来，朝着那边的墙脚哗哗地撒着尿回头说："老王，跟那家伙啰嗦什么？说一句'不'，不就挡回去了。"

赫穆楚克听了怒火中烧："你不能欺人太甚！"

"别在我面前张牙舞爪的。爷们儿我要是去告你不缴税费的话，可以把你送进监狱！"照日格图说完跟"老王"勾肩搭背地进了屋。

赫穆楚克在那里站了许久，开着空车踏上了回家的路。

没走多久夜幕降临，原野黑蒙蒙，湿润的凉风从车窗掠过。赫穆楚克心里一路窝着一把火。想到前方有一个收费站，他想绕过去，便下了公路。他每次都是这样绕行的。顺着一条排洪沟走着走着，前轮忽然滑入了沟里。尽管使劲转着方向盘，还是没能挽救，车翻进了沟里，赫穆楚克没了知觉。

七

赫穆楚克被送到医院抢救、治疗一段时间后回到家里养伤。他的两条腿粉碎性骨折，大家都说赫穆楚克今后不可能再开车了，他那个破烂儿应该处理了。但那个破烂儿仍然停在赫穆楚克家外边。据说他老婆恨透了那个破烂儿，想以低价出售了，将车款用在治疗上，却被他阻止了。有人去赫穆楚克家，看到那车已满是灰尘，锈迹斑斑。过了一些天，人们看见赫穆楚克能够拄着双拐出门了，他经常拄拐走到车跟前，看看，用手摸摸，而后站在车旁久久地出神。又过了一些天，大家看见赫穆楚克开始擦拭汽车，终于有一天他艰难地钻进了驾驶室，接着汽车喇叭长久地鸣响起来。喇叭声忽高忽低，断断续续，像一个人用沙哑的嗓音底气不足地唱着一支歌，听起来怪怪的。

从那以后，喇叭声经常响起，有时候是白天，有时候在半夜。有人骂赫穆楚克，说他深更半夜按喇叭影响邻居睡觉，而且他那个喇叭声也真的太难听了。但有人说，半夜的喇叭声不能怪赫穆楚克，那是他那个破烂儿自己在响，那破烂儿有自己鸣喇叭的毛病。

也有人说，听见汽车喇叭声你们大惊小怪什么呀？舒仁其其格、照日格图，还有好几个年轻人都买了汽车，不是每天跑来跑去，而且经常按喇叭炫耀吗？现在听见喇叭声，连小孩子都不哭了，畜群也不受惊了，你们为什么还大惊小怪？

原文发表于《花的原野》2009 年第 7 期

一个叫阿拉
坦索娃的女人

一

我家乡的人们爱唱歌，一些年轻人喜欢唱那种俏皮、轻佻的歌曲，比如有一首歌叫《阿拉坦索娃》。歌词的头两句是："花斑马是马群中的花儿，阿拉坦索娃大姐是邻里间的花儿……"当然，这种歌在诸如婚礼、寿宴等庄重的场合是不允许唱的，只是年轻人在野外碰到一起时唱着玩。我想，此歌传唱时间不短，因为我小时候就听到有人在唱。至于歌里的那个阿拉坦索娃是哪个年代的人，早已无法考证。但有一点还是比较清楚，那就是这个叫阿拉坦索娃的女人大概是一个风流的女人。你听呀，"邻里间的花儿……"，对女人而言绝不是一种赞美。后来，我的家乡又出了一个叫阿拉坦索娃的女人，我就不由得想，歌中的那个阿拉坦索娃有可能是这样的人吧。

现在的这位阿拉坦索娃，人们称她为北大草滩上的阿拉坦索娃。因为她家在我们家乡北边大草滩上，紧靠一条公路。

我们老家，说来还是比较落后。其他地方的人大多都有私家车了，出门十分方便，而我们老家的牧民来来往往都还靠骑马。虽说阿拉坦索娃家门口有那么一条公路，经常有车辆过往，但我们家乡没几个人指望能搭上那些汽车。偶尔有人想乘坐那些路过的汽车，站在路旁招手，却没有司机肯停下来拉他们。因此，汽车走汽车的路，牧民们还是会骑着马晃悠。

但阿拉坦索娃是个例外，在这片草原上，她是最早坐上汽车出门的一个。那时候她已经三十多岁，离婚好几年了。

据说有一天有一辆汽车在路上抛了锚，其位置距阿拉坦索娃家不远，从下午到太阳西沉停在那里一动不动。有一位牧民路过那里，见一位司机满身油污车上车下地忙着修车。那位司机的脸上写满了饥饿、疲惫、烦躁。不过，那位牧民丝毫没有怜悯的意思，也没想过要帮他，反而有了一种幸灾乐祸的感觉。我们牧民偶尔想搭个车，站在路旁招手，你们不是连瞧都不瞧我们一眼吗？原来你们也有这个时候啊。看来开车的有时还不如我们骑马的省事。

那个牧民走过去不久，天也就黑了。

不知道是阿拉坦索娃去叫那位司机到家里的呢，还是那位司机发现附近有一户人家自己跑过去的，总之，黑夜里又一位牧人路过阿拉坦索娃家门口，发现她家的灯光异常明亮，听到阿拉坦索娃在唱歌，一位陌生男子大声说笑。第二天，那位司机修好了车，但没有走，而是停到阿拉坦索娃家门口，第三天才离开她家，有人还看见阿拉坦索娃坐上那辆车走了。

从那以后，阿拉坦索娃家的门口经常有汽车停留，阿拉坦索娃也隔三差五地将牛羊托付给邻居就消失几天。到了后来人们说，路过的大货车到了阿拉坦索娃家门口便出故障的多了起来，尤其到了夜晚的时候更是如此。再到了后来，人们开始称阿拉坦索娃为车队队长。

阿拉坦索娃家向西两公里外住着嘎查主任巴图达赉一家。巴图达赉的老婆经常跟丈夫说阿拉坦索娃的坏话。按她的说法，阿拉坦索娃简直就是病菌污染源，男人们只要接近阿拉坦索娃，不想堕落都不可能。接着她又举出很多实例。虽说那些实例想象的成分太多，但老婆每天如此唠叨，巴图达赉便从不敢去邻居阿拉坦索娃家，虽然两家住得很近。然而有一天，巴图达赉第一次去了阿拉坦索娃家，而且还是奉老婆之命去的。

那天巴图达赉老婆肚子痛的老毛病犯了，疼得在炕上直打滚，她说要是这样疼下去就没法活了。巴图达赉站在她身旁抓耳挠腮急得团团转，说："要不……去苏木医院吧。"从这里到苏木怎么说也有四十公里，怎么把站都站不起来的老婆带到苏木？但巴图达赉其实已经想到了一个办法。不过，他不想自己说这个办法，而是希望从老婆嘴里说出来。

"那就快去吧。"老婆不再打滚儿了。

"可是怎么去苏木呢？嘎查的摩托车坏了，有一辆马车，还被贡楚克借走了……"

"你就没有别的法子？"

"要是有一辆汽车，或者有一个认识司机的人……"

听了这句，他老婆不可能想不到阿拉坦索娃。"那你快点去求求阿拉坦索娃呀。"

"去求她？……"

"你老婆疼成这个样子，你还犹豫什么呢？要是说救命，也许阿拉坦索娃比你管用。你要是不去，我爬着去求她……”

巴图达赉装出一副不情愿的样子：“那，我去说说看吧……”

巴图达赉去阿拉坦索娃家后怎么求的，阿拉坦索娃怎么说的，没人知道。后来巴图达赉跟人说：起初我出了家门，真是“犹豫了半天，最后还是决定不去”，另想办法。这个时候吧，刚好看见阿拉坦索娃坐一辆汽车过来。后来有人问起阿拉坦索娃，她说那天她刚好在家，巴图达赉慌里慌张跑过来说他老婆病了，能不能给送到苏木。她就领着巴图达赉跑到公路上，没过多久，一个与她相识的司机开车过来了，她就让那辆车拉着他们两口子去了苏木医院。

不管怎么说，到了苏木让老婆住院后，巴图达赉请司机和阿拉坦索娃吃了饭。有人见阿拉坦索娃和司机稳稳地坐在那儿，巴图达赉像个侍从敬酒点烟，点头哈腰地忙着。

巴图达赉的老婆输了两天液，康复了。夫妻俩进商店买了一些东西，就思谋着怎么回家，见阿拉坦索娃坐一辆车，停在他们跟前儿。

阿拉坦索娃从驾驶室探出头说："要回去吗？"

"是啊……"

"那就赶紧上车吧。快点……"阿拉坦索娃又嘟囔"真麻烦"。

那辆车的驾驶室有前后两排座，阿拉坦索娃坐在前排司机身旁。巴图达赉夫妇像是做错事儿的孩子，满脸堆笑，点头哈腰上了车。

"好了，朝我家开吧……"阿拉坦索娃命令司机，又转身对着巴图达赉夫妇说，"要是没碰见我，你们想咋回去？"

虽说是左邻右舍多年，巴图达赉夫妇跟阿拉坦索娃见面的时候甚少，前几天一起坐车到了苏木，但巴图达赉照顾老婆一路紧张，他老婆也是疼得一路闭着眼睛，所以他们谁也没仔细打量阿拉坦索娃。他们今天才发现阿拉坦索娃跟以前大不一样了。头发烫了，染棕红色了，嘴唇打了血红血红的口红，穿了一件黄白对半拼色的衣服。

"要是没有客车，那只好徒步回去了……"巴图达赉说。

“唉，你们也真是可怜啊……”阿拉坦索娃叹息。

巴图达赉夫妇没吱声。

嘎查主任这个职位究竟算不算领导职务？巴图达赉一直没有想明白。即便是算，那也是排在领导干部序列最末端的一个职位。但是在全嘎查，却没有一个人说过巴图达赉“可怜”。所以，起初听阿拉坦索娃的话，巴图达赉以为自己听错了，暂且不说我是不是“可怜”，但无论如何轮不到阿拉坦索娃这样的人来说吧？他感到心里很不舒服。

阿拉坦索娃从前座转身继续跟他们说话。

“巴图达赉，你可不能这样当这个嘎查主任，你怎么不长长心眼，哪怕把嘎查的草场租出去也能捞点钱吧？”

巴图达赉的老婆忍不住了，说：“再怎么着，我们也不做那种腐败的事。”

“嘿，还说啥漂亮话呢，大家听你这么说会笑死的。其实你们也爱钱，只是没本事挣。而今啊，没本事挣钱可是让人瞧不起的。”阿拉坦索娃继续教训道，“你看看别的嘎查那些领导，开着自己的车，带着美女去大城市住豪华酒店……唉，巴图达赉，你可真可怜呢。”巴图达赉紧张得不敢说话了，他老婆气得直打哆嗦。有那么几次，他老婆想喊“停车，我们自己走回去”，但她毕竟刚出院，没力气，没有勇气徒步走几十公里。

汽车终于到了巴图达赉家门口，夫妇二人下了车。阿拉坦索娃从驾驶室探出头说：“有啥困难就说一声，唉，可怜的……”她的脸上满满的悲悯，便挥手离去。

巴图达赉夫妇进屋后，好长时间谁也没说话。过了一阵儿，巴图达赉的老婆还是没沉住气，说：“谁瞧不起我们都可以忍受，但像阿拉坦索娃这样的货色居然也……”

“要不是考虑你身子不好，我早就下车了。”巴图达赉边说边擦汗。

巴图达赉夫妇的宁静生活似乎开始遭受了破坏。两个人没头没尾地聊几句就没话说了。

过了两天，巴图达赉老婆说：“昨晚我失眠了，想了很多。阿拉坦索娃比我们有钱吗？应该不是。可是人家过的是啥日子？隔三差五坐上汽车远近都走遍了。有钱又咋样？拿着钱站在路边儿也没有汽车给你停下。人家即便没钱，不也像是坐自己的车一样，来去逍遥吗？”

巴图达赉没吱声。

“那些汽车怎么都在她家附近出故障，司机怎么都会到她家门口就停车了呢？”

“你真不知道为啥吗？”

“怎么不知道呢？不过，我想不明白的是为啥像她那样的女人，活得比谁都风光呢？要是放在过去，这就是生活作风问题，不处理才怪呢。现在的领导们怎么不管这个了呢？”

“就是啊，现在的事儿……”

在全嘎查，比巴图达赉夫妇生活富足的人也不少。然而，当他们觉得阿拉坦索娃都比他们活得滋润的时候，还是觉得受不了。但受不了也没有办法，阿拉坦索娃过得就是比他们好。因此他们恼火，憋屈，又无可奈何，变得茶饭无味，经常失眠。

二

巴彦都荣跟巴图达赉关系紧张已经很多年了。

巴彦都荣是从心底喜欢阿拉坦索娃的。二十年前，巴彦都荣和阿拉坦索娃曾经好过几个月。巴彦都荣这辈子都忘不了，那次的爱情是在一个大雨瓢泼的夜晚忽然来临的。

那次的雨，来得真是很突然。太阳落山时西北方的天空中升起团团乌云，眨眼间就飘到巴彦都荣头顶上，没头没脑地下了起来。那时，巴彦都荣正在野外寻找他家唯一的小牛。他不知在哪儿避雨，急得东张西望，望见不远处有一个破旧的空房子，有一个女孩从门里探出头向他喊："快……过……来！"那人便是阿拉坦索娃。

那个空房子，对巴彦都荣来说是激动欣喜和烦恼忧愁的开始，即便二十年后那个房子早就没了，在巴彦都荣心里却记忆如初。

被雨困在破房子里的两个年轻人说着笑话向外望。屋外骤雨依然。

阿拉坦索娃问："你怎么也被雨困住了？"

"找我家的小牛……你呢？"

"去苏木供销社买了点东西，回家的路上就下雨了嘛！"

“这雨可没停的意思呢。”

阿拉坦索娃似乎想起了什么，忽然脸红了，笑个不停。

“怎么了？”

“这雨要是真的下个不停，咱俩是不是得住这里啊？”

“还真是……”

“你肯定希望这雨千万别停吧？”阿拉坦索娃笑个不停，快被自己的笑呛住了。

巴彦都荣听了这个话有点紧张，向外望。这雨可真是没有停下的意思。他的马就拴在门口，雨水顺着马鬃往下滴落着。

阿拉坦索娃：“你吸烟吗？”

“烟？什么烟？”

阿拉坦索娃打开包，拿出一包烟：“要是家里来客人，是要敬烟的，所以买了几盒。咋样？咱俩吸吸看？”

“那……好吧。”

阿拉坦索娃从包里再拿出火柴，一人点了一根烟，吸了几口差点呛住了。天很快就黑了。雨还是下得很急。

“站着干啥，找个地方坐会儿吧。”阿拉坦索娃把围巾铺在炕沿上，说，“坐这儿吧。”

巴彦都荣跟阿拉坦索娃并肩坐了下来。感觉阿拉坦索娃的呼吸声离他很近，她的身子仿佛散发着热气。

“咱俩讲故事吧？”

巴彦都荣说：“我不会讲故事。”

“说笑话也行。”

巴彦都荣说：“你先说吧。”

“那……你听着。一个苏木干部下乡，走着走着天黑了，碰到一户人家，于是他想借宿，进去一看，只有一个婆娘……”她捂着脸笑了起来，“这个，接着没法讲。算了。这种笑话，也就是你们男人才说得出口。”

巴彦都荣说：“我可没听过那样的故事，更不会讲。”

阿拉坦索娃不再笑了，一脸严肃地说：“那就是说，你还没成为真正的男人。”

巴彦都荣想，她这可是在小瞧自己，有点不高兴地说："真正的男人会怎样？"

"真正的男人嘛，见了女人就会说一些让她们脸红心跳的俏皮话……"阿拉坦索娃说罢又问，"你谈过恋爱吗？"

"没，没……你谈过恋爱吗？"

"没有，不过……听说谈恋爱特别好，拥抱，接吻，跟电视上的一样。"阿拉坦索娃说罢脸又红了，"那天我在井边儿饮羊，牧马人东日布大哥来了，可把我急坏了。"说着她又呵呵笑了起来。

"怎么了？"

"怎么说呢？我跑掉了……"

那一夜的雨下得真是猛，好多人家的房子都漏了雨，少数几家破旧的房子差点塌了，虽说对这些人家造成了不小的麻烦，但是对巴彦都荣和阿拉坦索娃来说，真是成了今生难忘的美好记忆！

在我的家乡，很注重走马。会将走马的尾巴给扎起来，不仅给马脖子戴上铃铛，手巧的妇女们还会缝制一种绣花的装饰带佩戴在马的前额上。巴彦都荣骑的虽说不是走马，几天后也戴上了那种装饰带，当然是阿拉坦索娃给缝的。

虽说世界上的女孩很多，巴彦都荣再也想不起阿拉坦索娃之外的女孩，虽说世界上的男人很多，巴彦都荣却觉得自己是最幸福的那一个。然而，他俩的爱情没能持续多久就吹了。

巴彦都荣惊奇地发现，不只是他的马，同龄的几个小伙的马都戴上了装饰带，而且绣出来的花草跟他那匹马的装饰带大同小异。他这才明白阿拉坦索娃不只是给他一个人缝制了装饰带，就来气。接着，有关阿拉坦索娃的流言也多了起来，说她跟哪个哪个小伙子如何如何。接着又有人说，看见阿拉坦索娃跟一个下乡的年轻干部同骑一匹马走在野外。还说那可不是一般的骑马而已，而是两个人在马背上拥抱在一起了。还没等巴彦都荣分清真假，阿拉坦索娃却来见他了。

几个月间，阿拉坦索娃明显长高了。身材高挑而健壮，满面红光，眼睛里像是有一把火焰。巴彦都荣想到干涸的原野小草忽遇甘霖，几日内便会秀美挺拔。阿拉坦索娃真像那样的小草。

“那么……你……”巴彦都荣想问一句，但又不知如何问，犹豫着。

“我……喜欢上一个小伙子了。”阿拉坦索娃说这句话时眼睛里仿佛有千万个火星。

“你说的小伙子……是那位干部？”

“是啊，你也听说了？”阿拉坦索娃的神情充满了激动和骄傲。

巴彦都荣说：“那个干部，听说人家在盟里有工作。说不准人家还有家室呢。”

“听说有一个孩子……”

“那你明知还喜欢人家……”

“喜欢，又不是要嫁给他。”阿拉坦索娃陶醉地说。

巴彦都荣本来要跟阿拉坦索娃理论一番，但此时已经没了脾气。他这才明白阿拉坦索娃原来是这样一个人。他甚至庆幸自己没有跟她走得太近，今后更应该离她远一点。不过说实在的，阿拉坦索娃走后，他还是有点感伤。

阿拉坦索娃的坏名声很快传起来。巴彦都荣虽然跟她没有瓜葛了，但还是为她担忧。一个女孩子家，要是有了坏名声，那名声可是像影子一样伴随她一辈子啊。然而，阿拉坦索娃好像不理会别人在说她什么，仍然过得兴高采烈。在我的家乡，最早染发的是她，最早穿奇装异服的是她，最早去南方大城市逛了一圈的也是她。几年后，阿拉坦索娃跟外地来的一个叫麻格斯日的生意人结了婚，没过两年又离了，从此一个人过。

巴彦都荣的婚事也没能顺利。不知是担心再遇到阿拉坦索娃那样的人呢，还是因为阿拉坦索娃占据了他的心，再也容不下其他女孩呢？当有些女孩自己找上门来，或者别人给他介绍对象的时候，他就那么犹犹豫豫着，到了三十还是光棍一条。后来跟一个带孩子的寡妇搭伙在一起，没到一年那个女人就没了，给他留下一个五岁的儿子和看病欠下的三万元债务。巴彦都荣除了料理生计，又摊上了抚养那个孩子的义务，真是吃尽了苦头。

三

巴图达赉的老婆往回赶羊群时，看见阿拉坦索娃家门口停着一辆大卡车。虽说阿拉坦索娃门口停车不是什么新鲜事儿，但是看见有几个人从车上往屋子里搬东西，不免有些好奇。再说了，在她生病的时候阿拉坦索娃给她找车送到苏木医院，不管怎样，她得感谢人家。巴图达赉的老婆不得不明白遇事找阿拉坦索娃是最便捷的办法。他们夫妇俩商量过请阿拉坦索娃来家里吃个饭，但还是犹豫，他们怕阿拉坦索娃说不中听的话。“你们真够可怜的”——这种话阿拉坦索娃是张口就来的。这种话，对巴图达赉夫妇而言，比谩骂还难听。再说，不管怎么说，巴图达赉是嘎查领导，阿拉坦索娃请他吃饭实属正常，可要是巴图达赉请阿拉坦索娃吃饭，人们就会觉得奇怪。巴图达赉夫妇就这样犹豫到了今天。今天看到人们往阿拉坦索娃家里搬运东西，巴图达赉老婆想，不管咋样去看看。说两句好听的话，帮她搬点儿东西也行……

巴图达赉老婆如此想着，到了阿拉坦索娃家门口，见两个人站在凳子上，在门的上方挂写有“阿拉坦索娃小卖部”的木板，其余几个人在往里搬运装纸箱的货物。阿拉坦索娃站在一旁，指挥着那些人。原来，阿拉坦索娃要开商店了！

帮阿拉坦索娃搬东西的是本嘎查的几个年轻人。他们见嘎查领导夫人来了，都点头微笑致意。阿拉坦索娃不知道是因为忙，还是怎么的，压根儿斜眼都没瞧她一眼。

巴图达赉的老婆走到她跟前儿说："你这是要开商店啊？"

"牧人为了买点生活用品，都要跑到四十公里外的苏木。多难啊！这里要是开这么一个小卖部，不是方便大家吗？"阿拉坦索娃说完这句，又指挥那些人安顿那些货物。

"你可真是想到了一个好主意。"巴图达赉老婆说。

"这个主意，应该是由嘎查领导想的，可是那些饭桶想不到，只好我来想办法了。"

巴图达赉的老婆没再吭声，走了。

起初没人看得起阿拉坦索娃的小卖部。人们众说纷纭："阿拉坦索娃开商店了？真是不知天高地厚！雄鹰飞不到的地方，蝴蝶能飞到？笑话。"不过，虽然他们一方面如是说，另一方面却不断去她那里买东西。即便是巴图达赉夫妇，也是需要从阿拉坦索娃小卖部买东西。不过两个人谁也不愿意去她家。原因就是怕阿拉坦索娃那些讥讽的话语。正在这时，忽然听说旗委书记要专程来看阿拉坦索娃的小卖部了。

那天，巴图达赉的手机叫个不停。在外面修围栏的巴图达赉正忙得不耐烦，接了电话一听，是苏木党委书记的声音。

“你们嘎查的阿拉坦索娃开了商店？”

“是个小卖部。”巴图达赉回答。

“旗委书记说要来视察那个商店。你们得有点准备。跟阿拉坦索娃说好好收拾收拾家，再穿个像样的衣服。可能会问关于商品经济的认识和面临的问题什么的。说啥，得提前做个准备。”

“啥时候来呢？”

“听说是明天。相关部门领导和记者什么的，可能来十几个人。”

巴图达赉揣了手机就向阿拉坦索娃的家跑。阿拉坦索娃一个人在小卖部。说是小卖部，巴图达赉没看到货架什么的，大大小小的纸箱堆得满地都是，无处下脚。

“苏木书记来电话说，明天旗里的德力格尔书记要来视察你的小卖部。让你收拾好家里，穿着像样一点，领导来了说几句得体的话。”巴图达赉说完，蹙眉说，“你这个还算是商店？怎么这么乱？”

“什么？……明天就来？”阿拉坦索娃想了想对巴图达赉说，“赶紧找几个人来帮帮我。”

巴图达赉有点不高兴：“你说什么？”

“你以为这只是我的事儿？这可是全嘎查的事。旗里的书记要是看我的商店不顺眼，肯定会对你不满……”

巴图达赉生气也没辙，出去叫来了附近的小伙子。接着，巴图达赉他们几个像是阿拉坦索娃家雇的用人一样为她干起活。阿拉坦索娃点了一根香烟，指挥着他们。不管怎么说，人多力量大，没一会儿就弄整齐了。阿拉坦索娃打开几个罐头，煮了手把肉，请他们喝酒。

第二天晌午巴图达赉穿上新衣服去了阿拉坦索娃家，在外面等候领导们的光临。到中午的时候，四五辆小车鱼贯而来。巴图达赉迎了过去，想跟领导们握手。这时阿拉坦索娃从屋里跑出来，跑到他前面，跟第一个下车的苏木书记握了握手。

“欢迎领导们光临指导！”她笑着说。

苏木书记把阿拉坦索娃介绍给随后下车的旗委

书记德力格尔。德力格尔书记久久地握着阿拉坦索娃的手说：“你就是阿拉坦索娃啊？看你的穿着哪儿像牧民呢。新时代的牧民就该这样。”记者们开始拍照。德力格尔书记笑着说：“好好拍，在盟报和电视上都好好宣传。”

拍照时，巴图达赉也想加入，可是没人叫他，他犹豫了一下，就站在一边。他想，也许拍完照后，苏木书记会给德力格尔书记介绍他吧？然而，苏木书记压根没想起他。阿拉坦索娃请大家进了屋。巴图达赉有点伤心，但还是跟了进去。

他进屋的时候，阿拉坦索娃跟二位书记已坐在炕上，屋里站满了随从人员和两位记者，没有巴图达赉下脚的地方。阿拉坦索娃跟二位书记说笑了一会儿，忽然看见了巴图达赉，就说：“哎呀，你快上茶呀。”巴图达赉快气炸了，但也没法子，找了碗给他们上了茶。德力格尔书记望着阿拉坦索娃问：“你们嘎查总体情况咋样？谈谈你的看法吧。没关系，有啥说啥。”听了这句，巴图达赉的心不由得怦怦直跳。谁知道这个阿拉坦索娃会说出啥话呢？

不过，阿拉坦索娃没说嘎查领导的不是，笑着说："我们大家也在努力呀。不过，我觉得上级不怎么关心我们这个嘎查呢。您当我们旗委书记都一年多了，今天才来我们嘎查视察吧……"

巴图达赉听着就紧张。这个婆娘怎么开始教训起旗委书记来了，人家生气了咋办？便偷偷看德力格尔书记。德力格尔书记却丝毫没有生气的样子，笑着说："你批评得对，我愿意接受。"又说："有啥困难就说啊。"

"缺资金。您看啊，连放货物的货架都做不起呢。"

陪同德力格尔书记来的某个部门负责人立马说可以借贷扶持商品经济基金的低息贷款。

"嘎查领导没来吗？"德力格尔书记这才问。

"我，在这儿……"巴图达赉急忙回答，"我是这个嘎查的嘎查委员会主任。"

"你怎么看阿拉坦索娃的这个小卖部呀？支持吗？"德力格尔书记笑着问。

"阿拉坦索娃是牧民中从事商品经济的典范。我们在尽力……支持……她。"巴图达赉结结巴巴地说，已经浑身是汗了。他怕德力格尔书记让他谈谈怎么支持的，那他就没话可说了。好在德力格尔书记没那么问，说了几句鼓励阿拉坦索娃的话就走了。

四

人们说，阿拉坦索娃家门口经常有喜鹊叫。喜鹊是吉祥的鸟，在谁家门口叫，谁家就会有喜事。巴图达赉的老婆放羊回来对丈夫说："人们说的没错，她家门口真有几只喜鹊在叫。"

这些天巴图达赉一直闷闷不乐。德力格尔书记来访那次，他在阿拉坦索娃家扮演的几乎是一个仆人的角色。他能高兴吗？盟电视台报道了阿拉坦索娃，报纸上还登了图文报道，旗里的相关单位开始经常来关心阿拉坦索娃……越是如此，巴图达赉就越是气恼不堪。盟报上刊登了阿拉坦索娃和德力格尔书记坐在炕上谈笑的照片。一看到这个照片，他就想起自己在下边给他们忙着倒茶的情景，就气不打一处来。

"你知道人们在说什么吗？他们说阿拉坦索娃当嘎查领导都比巴图达赉强。"

“那让她当好了，我还真不想当了。”

“你别生气啊。不能说他们的话完全不对。阿拉坦索娃跟德力格尔书记已经很熟了，对咱们嘎查有好处呀。”

“明白了，原来阿拉坦索娃是我们嘎查的真正大救星。”

人们对阿拉坦索娃的态度开始变得有多种了。年龄稍大的还是看不惯阿拉坦索娃。他们对阿拉坦索娃上报纸上电视表示不屑，觉得这是世风日下的表现。他们摇头说：“以前的报刊可都是赞扬先进模范人物的。现在倒好……”不过，大多数人开始拥护阿拉坦索娃。因为他们缺什么就去阿拉坦索娃那里买，真是太方便了。不过，还有一些男人以买东西为借口跑到阿拉坦索娃家，一待大半天。听说那些人也不是在那里白白地喝茶聊天，而是为阿拉坦索娃干活儿，还很情愿的样子。各种流言都有，但阿拉坦索娃已经听惯了那些，百炼成钢了，根本不在意。她家里整天传出嘻嘻哈哈的笑声。

唯独巴彦都荣去了，阿拉坦索娃从不指使他做任何事。人们慢慢看出了这一点。

巴彦都荣的那个继子这个时候也有二十多岁了。这些年，为了抚养那个男孩，巴彦都荣真是吃尽了苦头，现在刚刚有了喘息的机会，有空串串门聊聊天了。前面说过巴彦都荣和巴图达赉有矛盾。矛盾的起因是巴图达赉看巴彦都荣不顺眼，经常训斥巴彦都荣没按时缴纳牧场费，批评他没有围好草场，罚他的牲畜进了邻居的草场……这样的事儿多了，安守本分的巴彦都荣也开始来气了。就这样，有一次他俩在牧场上打起来了。那正是在禁牧期。上面来了一个巡视组下来视察，正好看见巴彦都荣和阿拉坦索娃两家的羊群从羊圈里跑出来散到野外。巡视组批评了巴图达赉，巴图达赉气恼之余跑到巴彦都荣家。巴彦都荣正在往回赶跑出去的羊群。“全嘎查没有像你和阿拉坦索娃这样拖大家后腿的家伙。”巴图达赉训斥他。巴彦都荣本来为羊群跑出去的事儿恼火，一听这话就没能把持住自己，说：“有本事，你就把我们赶走。”巴图达赉大叫：“这次得重罚你。”“你除了罚款，还会点儿啥？听说你爹在‘文革’的时候打过人……”“你爹那时候也咬了不少人……”他们的话都说到了这个份儿，能不结仇吗？所以，一听巴彦都荣开始在阿拉坦索娃家出现，巴图达赉更是心中不快。巴图达赉想，这俩臭家伙在一起一定是在鼓捣与我为敌吧，能把我怎样？骆驼再蹦跶也蹦跶不上天。

然而，虽然巴图达赉暗暗发誓再也不去阿拉坦索娃家，却又遇了一件事，不想去都不行了。

我们嘎查与毗邻嘎查之间发生了草场纠纷，纠纷很快又升级到破坏围栏网，打伤牛羊的地步。两个嘎查都去打官司，开始各找各的靠山。其实这样的事儿也不是头一回发生，两个嘎查纠纷由来已久。但是每每发生纠纷打官司，总是以我们嘎查败诉而告终。这几乎成了一个规律，大家就骂巴图达赉是饭桶一个。所以巴图达赉这次对打赢官司没有一点信心，但他老婆的一句话却提醒了他。

“真没人管得了那帮强盗了？你去找领导呀！”老婆说。

“没用的。”巴图达赉说。巴图达赉有点畏惧领导，在领导面前连一句完整的话都说不出来。所以领导们也不怎么理他。

“去求求阿拉坦索娃。她跟德力格尔书记不是很熟吗？”

巴图达赉想了想，点了点头。走到阿拉坦索娃家门口，见门口停着一辆皮卡，是新车。他听说阿拉坦索娃买了汽车，看来是真事。进屋看见巴彦都荣坐在炕上。

“啊……你好？”巴图达赉的表情甚是不自然。

“当然好着呐，有你这样的领导，能不好吗？”巴彦都荣冷着脸。

“阿拉坦索娃不在家？”

阿拉坦索娃从里屋走了出来。她刚洗完头，拿几个卡子横竖卡了几下，显得整个脸都是歪的。

“你今天怎么来我家了？”阿拉坦索娃问。

“你能领我去见见德力格尔书记吗？那边嘎查的太欺负咱们了。”巴图达赉说。

阿拉坦索娃欣然答应了，换了衣服化了化妆，商店交给巴彦都荣，开着皮卡跟巴图达赉去旗里。

五

阿拉坦索娃和巴彦都荣决定生活在一起，开始筹备婚礼。按理，年过四十的两个人，可以办得简单点儿。但是，阿拉坦索娃说一定要办一场轰动远近的盛大婚礼。这个消息传出去，大家众说纷纭。“想炫耀自己有钱吧？”“老都老了，还这么折腾干啥？”“难道你们不知道阿拉坦索娃的为人？干啥不都得轰轰烈烈的？”“不管怎样，一定是一场隆重的婚礼啦……”

阿拉坦索娃和巴彦都荣去大城市买衣服，顺路去邀请德力格尔书记参加婚礼，请旗电视台的播音员当婚礼主持……大家期待的婚期越来越近了。

但因为一件事，这个婚礼黄了。

有一天，阿拉坦索娃去苏木回来后，跟巴彦都荣说：“那个麻格斯日撞车重伤了。”

“啊？怎么啦？”巴彦都荣见阿拉坦索娃像是哭过的样子，眼睛都红了。麻格斯日是她十几年前结婚又离了的那个男人，巴彦都荣是知道的。

“听说没了知觉，在医院躺着呢。我得去看看。”

“那快去吧。”

阿拉坦索娃赶紧去了旗里，巴彦都荣留守看家。到了晚上，阿拉坦索娃来了电话：“内脏都伤了，医生说得去大城市医治。他没老婆孩子，只好我带他去。”又说：“你把我的银行卡给我送来。”

就这样，阿拉坦索娃带麻格斯日去了大城市。先是说他们在北京，后来又说去了上海。一个月后，阿拉坦索娃来了电话。

阿拉坦索娃的声音特别平静。“花了二十多万，命是保住了。但是大脑伤了，恐怕这辈子都醒不过来了。只好我来照顾了。”

“啊？！这……”巴彦都荣在这头不知所措。

“看来咱俩没有在一起生活的缘分。你找个伴儿吧。我的房子，我的商店，你做主卖了吧。钱给我寄过来就好。我在旗医院附近租了个房子……”

从此，阿拉坦索娃再也没回来。我家乡的人们到了旗里会去看望阿拉坦索娃。他们说，租房的里间躺着一个毫无知觉的人，吃得很胖，红光满面，但没有知觉。阿拉坦索娃在外屋放着录音机哼着歌。阿拉坦索娃的神情，看不出一丝疲惫，看不出愁苦，脸色依然红润，也比原先胖了一点。看来她照顾病人照顾得好，房屋也收拾得整洁。

这就是阿拉坦索娃，什么难事都奈何不了她，家乡的人们如是说。

原文发表于《花的原野》2016 年第 3 期

小西召

故事的引子

鄂尔多斯是歌的海洋。然而,《小西召》只是偶尔唱唱,并没广泛流传。未能流传的原因,我想可能与其内容有关。此歌叙述了一个年轻的女子落入链锁之苦,一个小喇嘛不幸丧命等事件。蒙古人一向忌讳不吉祥的歌曲。所以明显不能在婚宴节日场合唱这首歌。那么,不能在婚宴节日场合唱的歌怎么能够流传呢?听说这是一首准格尔的民歌。听歌词就不难发现诉说的是一个悲伤的故事。嘤嘤求饶的语气也很明显。然而,这首歌的背后,有着怎样的故事呢?想表达怎样的道理呢?民歌这个东西是源自某一个具体事件的,但它也不只是说说故事而已,也是在表达着某种情感的……

后来,有几位朋友给我讲述了这首歌的故事。他们所讲述的故事有诸多版本,情节各有不同,然而我仿佛看见有一位年轻的女子从岁月的浓雾中走来,面容渐渐清晰。在那个动荡的岁月,那个女子年纪轻轻的就摊上冤案,戴上了锁链,蒙受了万众的唾弃和侮辱。她的眼里充满了羞愧、绝望和请求宽恕的心意。不管怎样，她还在花一样的年纪。然而，冷冷的尘世并没理会她的眼神。

民歌，自从创作起就会经受多年的考验吧。在这个过程中，许多故事细节会被遗失，段落和语句也会被删掉，最终只留下动人心弦的那一部分。然而，留下的那一部分却蕴含着极其丰富的信息。

所以，我想写这么一部小说。因为那个羞愧的、绝望的、祈求宽恕的眼神时常在我的脑海里。写这部小说，朋友们讲述的故事，自然是底子。希望你们原谅我为了架构小说而调整的情节，对一些事件还进行了一番拼凑。因为文学毕竟不是纪事……

一

走上了南边的山梁
望了望自己的家乡
哎哒①，诺彦②们发发慈悲吧

① 哎哒，蒙古语，叹词。
② 诺彦，蒙古语，尊称，指官员或有地位的人。

走上了西边的山梁
望了望自己的故乡
哎哒，诺彦们发发慈悲吧

“快走快走！”恶狠狠的声音在身后呵斥着，晗德日玛加快了脚步。八十斤的锁链叮当响着。她被折磨得已经精神恍惚了。有时分不清是白天还是黑夜，有时分不清自己是死是活。铁锁链有八十环，每一环都一斤重。这个娇弱的女子拖着八十斤的铁锁链，每天游行示众，真不是一般的苦。幸好，监视她的老狱卒帮她把那些铁环用绳子捆好背在后面，虽说好走一些，但依然超出了她的承受能力。

天空布满乌云，雾霭沉沉的一个阴冷的日子。身后传来一声“站住！”，晗德日玛知道自己走上了一个矮矮的山坡。看见山坡下有零零星星几户人家。村落里走出一些人朝她走来，戴着八十斤铁锁链游行示众是当时的一个惩罚规矩。犯下重罪的人就会有如此下场，如此警示大家不可触犯刑律。

那几户人家又走出几个人。拄着拐杖的老头老太太步履蹒跚地向这边走来，小孩子们却是追逐着奔跑着过来，走过来的人越来越多了。

待到人们都到齐，那个一路呵斥晗德日玛的狱卒清了清嗓子，说道着晗德日玛的罪行。

晗德日玛听到人们议论纷纷。“西协理的姨太太变成这个德行了啊！”“如此人不人鬼不鬼的，还不如跟着那个青海喇嘛跳井算了！找棵树上吊了也好”……有一个老妈妈哭丧着说：“我佛保佑！怎么把人折磨成这样啊！犯了什么错也不能这样，都是爹妈生的孩子啊！”一个小男孩刚说：“看看，看看，她的光腿！”就被他的长辈训斥住了。“你给我闭嘴！”随后听到男孩被掌打的声音。

晗德日玛眼睛紧闭着。这并不是因为羞愧，她只是觉得闭着眼睛，内心就可以平静一些。人，是可以习惯于耻辱的。最初被抓后推进审讯堂让她跪下的时候，她羞愧得真想撞墙死了算了。现在不了。人们朝她唾弃，扔石子，进行谩骂羞辱，她已经麻木了，心里只想着，不知何时让我消停一会儿，要是给一口水喝该多好……

“孩子啊，你走到你的家乡了，不睁开眼睛看看吗？”老狱卒在她身边小声说。

啊，家乡……她慢慢睁开了眼睛。

真是我的家乡啊，她不由得激动。望见十几里之外有一座山梁。山梁东侧是她小时候玩耍的牧场。那里看起来依然如故。那边有一条溪流，那条河水日夜不停地在奔流。远远地看，像是一个生命在蠕动。仿佛看见小羊羔把嘴探进水里吃惊地闪到一边儿……

想想这些，她脸上露出了微笑。下面的观众说："你们看，她好像在笑呢，疯了吧。""不要脸的女人就是这样，真是家乡的耻辱。""老协理的姨太太，小喇嘛的情人，真是不要脸到家了！""呸，真是可耻！……"人们议论不休。

晗德日玛望着家乡青青山野，内心沉醉。她忽然悟到童年如蜜糖一般美好。然而，十八岁的某一天，她经历了一番隆重的仪式，到了夜里被推进一个白发老头的怀里。她知道那个老头是旗府西协理，她知道自己成了这个老头的第三房姨太太。哈屯[①]，是怎么当的呢？夫妻之道又是怎样的呢？如果

① 哈屯，蒙古语，夫人。

说这些问题之前对她来说是一个谜，那么到了那一夜，她感到非常恶心。晗德日玛坐在华丽的婚房里，身旁站着两个侍女。晗德日玛有点不自在，伺候主子的女仆叫侍女，不过她从来没让人伺候过。忽然外面像是发生了什么事，传来一阵骚乱。听起来都是侍女们的声音。“哈屯额吉[1]发怒了，碗筷砸了一地……”“那咋办啊！”……虽说外屋侍女们的话，听起来事情跟自己没关系，晗德日玛还是心惊胆战了。“哈屯额吉”，她仿佛看见了一个老太太的样子。西召跳查玛舞[2]的那天，她见过那个老太太。去观看查玛舞的人们围在西召主殿前，主殿门前的台阶上有几个贵宾席。贵宾正中间坐着一位雪白长须的瘦老头，他的旁边坐着一个干瘪的老太太。这二位是西府协理和他的大哈屯。协理诺彦不时打盹儿摇晃着脑袋。老夫人不时以凶巴巴的眼神东张西望。据说，她是一个脾气暴躁的主子。

外屋间，侍女们的话题在延续。“今天不是

① 额吉，蒙古语，母亲。
② 查玛舞，查玛为藏语，跳起来的意思。一种民间舞蹈艺术，后来被佛教所运用，成为寺院舞蹈“查玛舞”。

大喜的日子吗？这样大喜的日子哈屯额吉还发怒啊……”“正因为是大喜的日子，哈屯额吉才发怒了呀。你们可不知上次二太太入门时她是怎样发飙的！都是动了刀子的。”“听说还真是那样。后来不把二太太折磨得疯掉了吗……”

大哈屯发怒，原来不是与她无关，而是直接冲她而来的，明白了这一点，她心颤了。这个时候，老诺彦走了进来。两个侍女给铺了床，弯腰行礼便出去了。那一夜，晗德日玛感到无比恶心……

晗德日玛望着家乡站了许久。心想也许再也见不到家乡，她想看个够。

“走。”狱卒呵斥。

“啊，好好，请饶恕……”

自从落得罪名，这一句“请饶恕”，是她说得最多的一句话。铁锁链又叮当响了起来。

二

想走上西边的城墙

见一见年少的情郎

哎哒，诺彦们发发慈悲吧

想走上东边的城墙
见一见可爱的情郎
哎哒，诺彦们发发慈悲吧

城墙，是汉话，就是城池之围墙。鄂尔多斯准格尔旗与山西相邻于黄河两岸。山西的喜欢筑围城。别说是县衙了，较为富有的人家都各自建起了高墙，四角还都建有炮楼，还有配枪的岗哨。于是黄河这边的蒙古诺彦们也学起了他们，不仅建起了高墙，还学着他们用起了“城墙”这个词。本歌出现的“城墙”，指的当然是准格尔旗西协理府邸。“尚”，鄂尔多斯方言，“诺彦尚”“格根尚”，顾名思义是有地位的人的府邸。在巴润尚这个大院子里，侧哈屯晗德日玛重复着了无边际的寂寞的日子。她没什么可做的事，也没有谈心的朋友，每当看见大哈屯凶巴巴的眼神，她就厌恶不已。所以，她一有空就爬上城墙望着远方消磨时间。因为是诺彦尚的城墙，所以又高又结实，还有可以走上去的步梯，城墙上还有可供人来回徜徉的，较为宽敞的空间。

两年，很多个日子，她都是这么过来的。

那般怅惘的日子，她可能自己都没有发觉自己内心深处有什么东西在凝结哽噎吧。不过到了后来才知道那时她的心里确实有了一样心结。那便是对爱情的向往。她需要一个男人的爱。对于一个如火青春的女子来说，这也是人性使然。那位老人家给不了她，她所希冀的东西。然而，人性最本能的欲望在她的生命里像是被拦截的水一样呼啸不已。要是被拦截已久的水冲破了堤坝会有怎样的后果呢?

小西召，在巴润尚二十里外。寺院，那时可是民众聚集的一个中心地。每年到了跳查玛舞的时候，人们穿上节日的盛装兴高采烈地聚集到小西召。这一年，协理诺彦偕大哈屯侧福晋带着全家老小也去看查玛舞表演。协理跟大哈屯坐了马车，晗德日玛跟几个随从骑马跟在后面。

小西召大殿前熙熙攘攘十分热闹。大喇嘛出来迎接了协理和二位哈屯。其他百姓都给他们让路，远远地向他们鞠躬微笑。协理跟大哈屯走在前面，晗德日玛跟几个随从跟在其后进了大殿烧香拜了佛。

晗德日玛站在离协理和大哈屯几步之遥的地方，忙乎着点香。她刚想划开火柴，身边亮起了火光，昏暗的殿堂仿佛有了光。一个喇嘛点了火柴站在她身旁。晗德日玛说：“啊，太好了！”“不客气，夫人，夫人您可真美啊！”“啊？您！”晗德日玛吃惊地看他。隔着火柴的光，她看见了一个英俊男人的脸庞，晗德日玛呆了。

多英俊的喇嘛呀！天生的健康肤色，宽宽的肩膀，活泼的个性，望着女人充满挑逗和贪婪的双眼……仿佛在引诱晗德日玛干涸的心。

“师傅您说什么呢？”晗德日玛说着脸红了。

“我说的只是真话而已。”喇嘛笑着弯腰致意。

这个事儿就这么过去了。晗德日玛跟着诺彦和哈屯走出了大殿，坐在台上专门为他们而备的座椅上开始看查玛舞。身着各式各样查玛舞服装的喇嘛随着法号的声音尽情舞着。然而，晗德日玛的心思忽然不在查玛舞上了，仿佛在找寻着什么。正在此时，忽然看见了那个年轻的喇嘛，于是她的眼睛寸步不离地跟随着他。那个喇嘛也在大殿前吹着法号。四个年轻的喇嘛鼓着腮帮子吹着铜号，那低沉的号声震颤着大地。

不是说大型法号没几个人能吹得响么？如此一想，那个喇嘛显得更加可爱。你看，多威武啊！仿佛是在说，这个破铜号，看我是不是把它给吹破了。晗德日玛这么想的时候，那个喇嘛好像也看见了她。他朝她调皮地眨了眨眼。晗德日玛也眨了眨眼，当是一种回应，随后脸红了起来，低下了头。而后，晗德日玛耳朵里没了大法号低沉的声音，眼里不再有那些跳查玛舞的人和观看的人群。午后，查玛舞结束了，大喇嘛请协理到客堂禅茶。晗德日玛没去。她跟一个丫鬟到转经路那边的集市转了转。

小西召的查玛舞之日，长城外的汉族商贩也会过来。他们不走到转经路内侧，而是在转经路外侧远远地摆地摊，卖一些杂货和水果。所以，来这边转的当地百姓也不少。晗德日玛看着人群徜徉在各色商品中。大多是头绳、色彩斑斓的丝线、针线木梳之类的小商品。这些东西，看的人多，买的人不多。反而有一个水果摊上聚集了很多人，热闹得很。晗德日玛领着侍女走过去，见那个吹法号的喇嘛买了很多梨，兜在大襟里。晗德日玛笑着说："买了这么多梨啊。""一半儿给你吧，很高兴认识你。"喇嘛说。“啊，不用不用，我自己买吧。”“已经认识了嘛，客气啥呀。”喇嘛说。晗德日玛也就真不客气了，拿了一个梨，边吃边跟喇嘛聊了起来。“您是哪里人呢？口音听起有点奇怪。”晗德日玛问喇嘛。“我是从青海来的。”喇嘛说。“啊，是吗？我的菩萨！……”“师傅说让我在这边最起码待三年。”“您怎么称呼呢？”“萨穆旦。”

时间过得真快，转眼太阳就要落山了。两个人都有点依依不舍的样子。“有空去我们巴润尚走走吧。”晗德日玛说。“诺彦尚，可不是想去就可以去的地方啊。”萨穆旦说完这句又接着，“不过也没关系，我每三天到东泉拉水，您要是站在城墙上，我就能看得到您。”“你们西召没有水吗？干吗到那么老远拉水？”“大喇嘛说自己佛堂里的供水必须是东泉的泉水，所以每三天必须去一趟呢。”“那么，下次哪天去啊？”“后天。半晌的时候我会从你们尚的南面路过。”“哦，后天啊……”晗德日玛自言自语着，感觉那个后天有点遥远。

晗德日玛和藏族喇嘛萨穆旦吃梨聊天的时候，

老协理在大喇嘛的客堂禅茶说话。老协理真是老了，有点老糊涂了，他基本听不到旗府里的权势之争。但是，心里还是想知道一些的。他能料到一定是阴谋不断。小西召的大喇嘛经常给他传各色消息。就在刚刚，大喇嘛又告诉了他一个重要的消息。听了那个消息，老协理气得浑身打颤。

“这个狗崽子……居然还企图官位？他不知自己是什么血统？”协理诺彦说着说着剧咳起来，快要窒息了。

坐在他身旁喝茶的大哈屯用厌弃的眼神看着他：“您就息怒吧……听说那个小不点到处在说，只要旗府的权力在老家伙们的手里一日，准格尔旗就不会好到哪里去。”

“这叫什么话！鹞鹰再老也是雄鹰的族类，吾身再老也是成吉思汗的嫡系……他这个狗崽子！”说着说着又剧咳起来。

被老协理骂成“狗崽子”的是准格尔旗一个小武官的儿子，叫阿尔彬仓。他跟着一位远亲北京天津地跑了几年，二十多岁回到了家乡。之后出入权势之门，拉帮结伙，搞起了小动作。协理诺彦很是厌恶那个家伙。现在听说他在企图把整个旗的权力收入自己手中。他还到处说西府协理在内的一些上了岁数的诺彦们的坏话。大哈屯也恨阿尔彬仓，但想起自己老头的无能，也会火冒三丈。人这个东西，应该知道自己半斤八两，不该奢望超乎自己能量的东西。可是这个糟老头，总是想着超乎自己能量的事，折磨自己。你瞧他上炕都需要别人扶一把的样子，还娶了一个年方二八的小老婆。

“该回去了吧？太阳都落山了。”大哈屯厉声说。

“着啥急？你没见旗里的事现在都到了这般程度吗？……”

“旗里的事，跟你有啥关系？真是皇帝不急太监急！”大哈屯话说得很强硬，又对侍女们发号施令要打道回府。

观看查玛舞回来的第三天，晗德日玛喝过早茶就走上了城墙，这一天阳光明媚。远方苍茫如幻。有一条路，自小西召蜿蜒而来，经巴润尚，向东泉而去。想着将会有一个人出现在这条路上，晗德日玛的心像一只小鸟在歌唱。

真是没过多久，有一个牵着马的人出现在那条路上。无疑知道是谁的晗德日玛摘下脖子上的围巾使劲儿向他挥舞。那个人也早已看见了她，向她招着手。

从此之后，晗德日玛每三天都要走上城墙。半晌和傍晚时分各上一回。半晌时分，牵着马的人由西向东而去，傍晚时分牵着马的人由东向西返回。

这是一个开始。不是说这二人一个在城墙上，一个在半路上，看见彼此招一招手，故事就此结束了。而是，有朝一日他俩的相见，成了一个必然的事。因为他俩都由衷地期待那一刻。

三

巴润[①] 尚的大麦粉
搬没了，运没了
福祉被你们挥霍了，诺彦们

者衮[②] 尚的织锦缎

① 巴润，蒙古语，方向词，西。
② 者衮，蒙古语，方向词，东。

剪没了，扯没了

福祉被你们挥霍了，诺彦们

那一天，晗德日玛说要采沙葱，出了大院，朝南面的路走过去。虽说没人说路边的沙葱长得好，但她还是奔那边去了。到了路边，她对侍女说：“你往那边走走看，也许那边的沙葱长得更好呢。”支走了侍女，她顺着道路向西望去。心里想着将有一个牵着马的喇嘛向这边走来，想着他很快就走过来了，就按捺不住心中的喜悦，恨不得迎着他奔跑。

那一天，萨穆旦出门比往常要早很多。上了路就看到路边采沙葱的晗德日玛，远远地打招呼：“赛音拜努[①]！”又说，“沙葱真多啊！”晗德日玛回应：“您一路可好？出来得早啊！”

阳光明媚，原野上的幻景轻轻悠悠，蓝天上白云朵朵慢慢游弋。天气很热，萨穆旦敞开了衣衫，袒露出健壮的胸膛。同样健康的脸上满是调皮的微笑。“这么走累不累？”晗德日玛问他。“还好啊，途

① 赛音拜努，蒙古语，问候语，意为你好。

中远远地望见那么一个人时，会忘了疲惫的。”萨穆旦说。“真的吗？”“你不信？”“信的，信的，跟你开个玩笑嘛！”

能够这么说说话多好啊！晗德日玛担心那个侍女跑回来打断他们说话，她望了望，见那个侍女远远地，好像在弯腰采着什么。

“不去我们寺院吗？”“找不到借口呢，大哈屯同意才行。倒是说，你不能去我们府里喝喝茶吗？”“那可不行。只能远远地看你一眼。怎能跟你一起喝茶呢？”晗德日玛不由得叹了一口气。“夜里，你能出来吗？”萨穆旦问她。“干吗啊？”晗德日玛问着心跳加速了。“我可以在这条路后面的盆地里等你。”“为了这个事跑这么老远干吗呀，将近二十里地呢！”“我不觉得远的！”萨穆旦说完这句又说，“就今晚，我在那边等你。”直接说可以吧，还有点害羞，但是看见侍女快走过来了，她急忙说：“好的。”

是说冲了堤坝的洪水呢，还是说朝向熊熊烈火的凤凰呢？虽说那一夜晗德日玛胆战心惊、犹豫不决一番，但走出大院小门朝南而去时，忽然忘了整个世界。头顶广袤的天空中亿万万星星在闪耀、在穿梭，仿佛在以赞许的眼神望着某种美好的生命轨迹。如果说晗德日玛走出小门走到东南方向的那个小盆地，是冲出堤坝的洪水之第一层波浪，那么之后接踵而来的更强劲的波澜扫荡了更多的东西……

那一夜，晗德日玛枕着萨穆旦的胸膛，感觉像是依靠了大山一样踏实。她清楚地听得到那个宽宽的胸膛内跳动的心。然而，晗德日玛却问了一句不吉利的话："你怕死么？"萨穆旦以为自己听差了："你说什么？""咱俩都这样了，也许有一天会被处死的，一个是偷人的诺彦的哈屯，一个是染指诺彦哈屯的喇嘛，一定会受到惩罚的。"晗德日玛说着说着笑了。"我不怕。""真不怕么？""真不怕！都已经跟你这样了……""亲亲我吧！""我恨不得把你吞了！"……

有了这样的开始，萨穆旦喇嘛每晚跑二十里地到巴润尚东南方的盆地，天色渐亮时回寺院。

一日清晨，侍女走进晗德日玛的屋子，说大哈屯在唤你去。晗德日玛走向南院时想着是不是被发现了什么。怎么可能不被发现呢？每天夜里走小门进进出出的不是小老鼠，而是活生生的一个人啊。晗德日玛早就料到这个事瞒不了多久。她只是想着，被发现了不过是被棒打一通，再被赶出去罢了。

走进大哈屯的屋子，见她的脸色阴沉可怕。晗德日玛低头站在那里，等着她怎么说。

“人这个东西吧，做事可不能太过分了！”大哈屯说话的语气比她的脸色还阴森可怖。

晗德日玛低声说：“是，是……”她知道，不管大哈屯说什么，她都要说是。

“你可以不要脸，但你也得想想这个诺彦尚的脸面。”

“是，是……”

“我现在就可以打你一个半死，之后赶出这个大院。但是，还是饶你一回吧，知道往后该怎么做吧？”

“知道了！”

晗德日玛退出来，吓得浑身打颤。她明白大哈屯阴森的脸背后有某种强大的力量。

刚走进自己的屋子，她就听到侍女们一阵慌乱的动静。“哈屯额吉晕倒了！”“怎么了呢？”“她刚才特别愤怒，然后就……”“快去给诺彦老爷汇报啊！”

晗德日玛急忙跑向大哈屯的屋子。她想着，自己真是惹了不小的麻烦。当她跑到大哈屯的屋子，诺彦老爷也让人搀扶着走了过来。

大哈屯慢慢醒了过来，坐在靠椅上，一个侍女用勺子给她喂水。

老协理颤颤巍巍地抖着花白胡子骂下人：“你们就不知道请个大夫什么的吗？没看见哈屯都这样了吗？真是一群傻瓜笨蛋！”最近几年，老协理落下了打颤的毛病。不仅是手抖，整个脑袋胡子都抖动不已。

“我又没生病，请什么大夫！”夫人眼神凶巴巴的，但声音却比较微弱。

“不是说你晕倒了吗？”

“生了病才会晕倒吗？我心里难受！怎么了？不行吗？”

“那么，你说说，你为啥难受成这样啦？”协理老爷问她。

“看见这个府里发生的一些事，实在气不打一处来，憋气啊！快疯了我！你说说怎么办！”

晗德日玛担心哈屯接着要数落她的种种不是，着急万分。

没想到大哈屯说：“你们都给我出去！我看见你们就恶心！”

那一夜，晗德日玛没出大院。一整夜辗转反侧，伤心、恐惧、思念……熬到了天亮。她想着亲爱的萨穆旦在那边的盆地等她，心里就急的着了火一样。但她还是没有勇气走出大院。

第二天，是萨穆旦拉水的日子。晗德日玛早早起来登上城墙望着南边的路。忽然望见有一个牵着马的人出现在那条路上。马，还是那匹马，但牵马的喇嘛已然不是萨穆旦。正在晗德日玛愣神的时候，牵着马的喇嘛走过去，她才看见那是一个比萨穆旦矮小很多的小喇嘛。

今天怎么就不是萨穆旦了呢？是因为我昨夜没去赴约，生气了？或者是生病了？结果，就那天晚上开始晗德日玛自己却病了。

发烧，说胡话，晕厥不省人事时府里上上下下都急坏了。老协理颤着胡子，除了“这可怎么办啊！这可怎么办啊！”就没了别的话。大哈屯却召集了府里上上下下的侍女仆人，三言两语下令交代了任务。“桑布，你快马加鞭去小西召，跟巴腊吉师傅捎个话，就说我们随后就送夫人过去看病，让他们备好医药。津巴，你赶紧套上马车，都赶紧的！”又指着两名侍女：“你俩去马车上铺好被褥，照顾夫人去小西召治病。”

把晗德日玛抬上马车，送走之后，大哈屯进屋，让侍女盛了一碗茶。方才忙碌一番，她真是出了一身汗。虽然她恨晗德日玛入骨，但见她那样痛得难受，还是心生怜悯，不管怎样也是一条人命，还是要救一救的。

协理前后娶了两个小老婆。这不是针对她的凌辱和歧视吗？大哈屯心中的仇恨在与日俱增。然而，就算老协理娶二十个老婆，她也是毫无办法的。所以，她只能在那两个小老婆身上使坏。当然，她也从心底憎恨他的两个小老婆。她们的花容月色，她们的青春靓丽，对她而言是一种折磨。二夫人后来疯了死了。但那个糟老头又迎娶了晗德日玛。

最近，她见晗德日玛每天夜里从小门出去跟喇嘛约会，她对晗德日玛的仇恨更是加重了。那个老头看不上我，还娶小老婆，那个婊子倒好，连小西召的喇嘛都喜欢她。我像个破衣衫，谁都嫌弃我，那个婊子倒好，成了僧俗所有人的最爱……

不过，今天她也不知怎么了，脑子里全是被病痛折磨的晗德日玛。女人之间，是容易有嫉妒，但是也容易有相怜相惜。也许，再恶毒的女人，也有她善良的一面吧！

晗德日玛醒过来看见陌生的屋子，看到穿绛红色衣衫的几个喇嘛，也闻到了藏药的味道。一位清瘦慈祥的老喇嘛面带微笑看着她。她勉强认出是小西召的名医巴腊吉师傅。

“我……来这儿了啊？”晗德日玛声音微弱。

一位侍女说：“您生病后哈屯额吉特别着急，先让我过来。把您抬上马车送来的呢。”

“现在您快好了。不过还不能回去。最起码要在这里休养半个月。”巴腊吉师傅微笑着说道。

巴腊吉师傅用药很神奇，没两天晗德日玛就可以下地出门转一转了。她心里只有一个念头，萨穆旦怎么了呢？能见一面就好了。

一天，晗德日玛跟巴腊吉师傅聊天时大喇嘛走了进来。巴腊吉请大喇嘛上座，问："萨穆旦咋样了？"晗德日玛尽可能地克制着自己，尽可能不在神情上表现出来，听听大喇嘛怎么说。

"好了很多。不过夜里还是做噩梦大喊大叫的。受了惊吓落下的毛病不容易好。"大喇嘛叹气。

"让他心情放松一些，慢慢可能就好了吧。"

大喇嘛请了几天的药，便走了。晗德日玛问巴腊吉师傅："怎么了？您二位刚才说的是那个青海喇嘛么？"

"唉！"巴腊吉师傅叹了叹气，"那个小喇嘛近来神经出了问题，一到夜里就走出寺院不见了。后来听说，有一天在你们府的南面遇到了一个可怕的东西。天亮之前跑回来，人已经说不了一句完整的话了！嘴里喊着鬼呀鬼呀的……"

"我的佛啊！然后呢？"

"大喇嘛叫我过去的时候，天刚刚亮。我给他做了针灸，好了一些。他说，走过你们府南面时见一个黑影走近了他，他问是谁，那个黑影说是老协理的二夫人。他想着，二夫人已经死了好几年，心里不由得发毛，那时那个影子逼近了他。看着又像是反穿了羊皮袄的人。他就吓得拼命跑回了寺院。”

“那现在好些了么？”

“好些了。但还是说每夜做噩梦大喊大叫的……”

晗德日玛整个下午陷入了沉思。“二夫人”?! 巴润尚南边的盆地？反穿羊皮袄的人？这些词一直在她脑海里。一定是有人施了计。是大哈屯察觉了我和萨穆旦的事。是她为了拆散我们吓唬了萨穆旦？我可怜的萨穆旦，不知吓成啥样了！

太阳落山之前，晗德日玛想解手，走到转经路外。忽见萨穆旦走过来。像是去解手回来。一看就消瘦了很多。晗德日玛心疼地望着萨穆旦。萨穆旦却傻傻地站在那里看着她。脸上是一种迟疑和恐惧的表情。

“你……好吗？”晗德日玛声音都在颤。

“你……是老二，还是老三？”萨穆旦脸色刷白，貌似要逃跑。

晗德日玛实在受不了了，“我是你的晗德日玛啊！”她跑上前去抱住了他。仿佛这个世界上只有萨穆旦一个，西召的众僧已然不在她眼里了。自从那天后，晗德日玛每天去大喇嘛的院子，去看望萨穆旦。什么名誉什么惩罚，于她而言已经无所谓了。小西召的喇嘛们见了也当是没看见。说要管吧，人家是哈屯，谁能管？说不准还惹一身麻烦。懂这个道理的小西召喇嘛们觉得睁一只眼闭一只眼是最好不过的。

“巴润尚的大麦粉，搬没了，运没了。者衮尚的织锦缎，剪没了，扯没了。”意思就是晗德日玛把协理府的米面绸缎大量送给了萨穆旦喇嘛。我认为这是民歌夸张的手法。因为萨穆旦喇嘛是穷是富，他都不需要那么多的米面和绸缎。所以，晗德日玛顶多给萨穆旦送了一些面点或者几块绸缎，而不可能那么多。可是，这事儿被人发现了，就传唱为“搬没了，运没了”。人们憎恶诺彦老爷的哈屯居然跟寺院喇嘛发生这般私情，从而添油加醋地讥讽而唱，也是可以理解的。还有一个是方位问题。我们在前面清楚地交代过，小西召自巴润尚向西二十里地。可是，民歌会有四方、四季等词汇递进而用的特点，所以这里出现了“巴润尚”“者衮尚”等词汇。这与前面出现的“东边的城墙”“西边的城墙”是一样的，实际上指的是同一个地方。

不管怎样，晗德日玛离开诺彦尚，来到了离大哈屯冰冷的眼神甚远的小西召，在有眼无珠、有耳无声的环境里待久之后，胆子大了，日子过得有点不知天高地厚起来。

四

相亲相爱，那是真实的
做法行咒，是不存在的
哎哒，诺彦们发发慈悲吧

晗德日玛和萨穆旦的关系，变得无人不知无人不晓，成了民间的话题。他们要面临一场严刑重罚是不可避免的事了。然而，他们没有退路。这时，萨穆旦表现得是一个胆小怕事、懦弱的人。

萨穆旦即便是康复后，说起那一夜的事情，也会浑身打颤。有一天晚上，晗德日玛约萨穆旦在转经路外见面。晗德日玛反复问起，萨穆旦才战战兢兢地告诉了他那一夜的情形。

……漆黑的夜晚，萨穆旦到约会的地点等着晗德日玛。天上繁星点点，微风阵阵送来花草的清香。这个时候，他看见一个人走来。他想着，是我的晗德日玛来了，心里美滋滋的。“晗德日玛，晗德日玛！”他低声呼唤。“我不是晗德日玛，是水凌花日！”“啊？水凌花日，是哪一个？”“你连水凌花日都不认得吗？是协理的二夫人啊！”“啊？！可是……”“你是不是在想二夫人不是早死了吗？就是因为死了，才是夜晚出来的呀。鬼魂也需要爱情啊。见你跟晗德日玛耳鬓厮磨，真是令人垂涎三尺啊，今晚，你就跟我欢爱一场吧！”对方笑声诡秘，萨穆旦毛骨悚然，拼了命地往回跑……

“她不是鬼，是人。”晗德日玛说。

“什么？”

“大哈屯知道咱俩的事儿了，她骂了我一顿。咱俩迟早要吃苦头的。”晗德日玛说罢，笑了。

“那么……那么……咱俩那就断了吧。”萨穆旦声音发颤。晗德日玛的内心忽然满满的忧伤。可惜了，可惜了这魁梧的七尺男儿身，原来如此懦弱不堪啊！

“离开你，我会活不了的。”晗德日玛又说，“要么，咱俩私奔吧！”

“啊？那怎么行啊？”

“与其迟早被人当羊宰，不如早早逃去，还能留下一条性命。”晗德日玛接着又问当初问过萨穆旦的那句话，“你不怕死么？”

“怕啊，怎会不怕？干吗呀？”

晗德日玛再也没吱声，萨穆旦的这一句让她伤心极了。一个诺彦的哈屯，舍弃眼下拥有的一切，想跟他私奔，是想把自己今后的生活和命运都交付于他。可是，她的愿望幻灭了。

几日之后，晗德日玛回到了巴润尚。虽说她不喜欢那个阴森森的大院，但她也没有理由继续待在西召了。

做法行咒的谣言，也是这会儿起的。诅咒与谩骂，区别还是很大的。若说谩骂是用难听的话语彼此攻击诋毁的行为，那么，做法行咒却是以宗教的一些规矩或程序来进行诅咒的一个过程。这是第一个问题。真正会以宗教的规矩进行做法行咒的人，少之甚少。因为，那是针对敌者或仇人而施的一种行为。一般来说是秘密进行的。会做法行咒的人，原本就不多。这是第二个问题。所以像萨穆旦这样二十出头的小喇嘛绝对没有做法行咒的本领。

然而，世上的事儿，谁能料得到呢？做法行咒的恶名落到了萨穆旦头上！

做法行咒的恶名本来是要扣给旗府西协理的。但是没能直接扣到他头上的原因，一是老协理不管怎样也是在官场上混了几十年的人，谁也不敢直接碰他。二是西协理再昏庸，真是要短兵相接时，人家要是呵斥：我可没这样的事，你们有证据吗（本来也是诬陷嘛）？他们也拿不出什么来。所以，想射乌鸦的箭落在刺猬身上，毫无瓜葛的小喇嘛萨穆旦背了黑锅。二十几岁的小喇嘛，他们怎么收拾都好说。于是制造了一个离奇的故事：老协理派最最疼爱、年轻貌美的夫人勾引了西召的萨穆旦喇嘛做法行咒，西召的大喇嘛在背后操纵其事……

直到旗府里的几个官兵到西召铐住萨穆旦，他都不知道做法行咒为何物。而被官兵抓住之后他迅速懂了什么叫做法行咒，并很快承认自己真做了法行了咒。让他承认如此之快的，是旗府里那些形形色色的刑具。

五

青海来的小喇嘛在地狱里
青春貌美的哈屯拖着链锁
哎哒，诺彦们发发慈悲吧

小喇嘛萨穆旦被抓后，又一拨儿人冲进西协理的府邸抓了晗德日玛。大哈屯发怒：“是谁无礼闯入我们的府邸，胡乱抓人？”来的人说：“这个荡妇让协理老爷和哈屯额吉颜面扫地，我们是为了维护西协理府的名誉！”老协理除了颤颤巍巍地晃动脑袋，没能说出一句话。大哈屯咬着牙说：“我们知道怎么惩罚自己的家人！”不过，没人再听她的话。

准格尔旗出了这样一件大事，惊动了全盟。严惩萨穆旦和晗德日玛的判决来得也快，小喇嘛萨穆旦被头朝下吊进枯井，用石头诅咒压了一个实在。旷野无主的枯井边，聚集了很多人，狱卒们把吓得脸色刷白的萨穆旦推向枯井时，只听一个山羊般的尖叫声，此事到此便终了。

站在他身旁的晗德日玛拖着八十斤的铁锁链，游村示众以作惩罚。

人的性命，脆弱时真是经不起一丝一毫。一个月后，晗德日玛也死了。被驱赶中扑倒在野外，再也没能起来。不远处看，只见一堆锁链，瘦骨嶙峋的晗德日玛被埋在锁链中几乎看不见她的人了。不过，那个老狱卒断断续续听到了她最后的几句话："要是给我一口水，那该多好啊！"……"故乡怎么不见了呢，……发发慈悲吧！"

后来，听说……

几年后，老协理作古，年迈的大哈屯守着破旧的城墙留了下来。大哈屯的性情温和了许多，终日在佛前吃斋念佛……

十几年过去了，这方土地上出生了一男一女两个孩子。虽说生在两家，但是两个小孩一见面就欢喜不已。人们就说这两个孩子，前世兴许有什么缘分吧。后来，有一天西召的大喇嘛见到了这两个孩子，忽然泪流满面。他说，你们看，他们是晗德日玛和萨穆旦重生了。听他那么一说，这两个孩子还真像晗德日玛和萨穆旦呢，仔细端详能发现被拷打的伤痕，拖锁链的印记，抚养这两个孩子的人是大哈屯。那时，刚好赶上可以读书上学的光景。大哈屯资助二人读书，听说后来又送他们到北京上了大学堂。这两个孩子后来是否回到家乡，二人后来是否成婚，并无确切消息。

世事变迁，有时人生很慢很慢……

原文发表于《阿拉坦甘德尔》2018 年第 6 期

干 旱

自老天大旱以来，这个女人每天晚上都会梦见水。梦见自家跟前儿有河水流淌。梦见自己在井边打水。梦见自己淋雨。这一夜，她又梦见自己在泉水中沐浴。泉水从悬崖飞流下来，她站在下面沐浴。飞流下来的泉水撞击她的肩膀后四处飞溅，又顺着她的腰身向下流淌着。她感到非常惬意，仿佛水的清香滋润着她的心肺，洁净了她的五脏六腑。如此梦一番，她醒了。望着黑漆漆的屋顶，她知道自己做了梦。虽说水的清香仿佛还能闻得到，但还是感到这种气息在渐行渐远，并随她一声长叹无影无踪。严重的干旱已经延续三个月之久了，这片旷野上，水比油都稀缺珍贵了。

该起床了，她想。

一边儿将手臂伸进袖子，她出门一看，东方天际发红，干旱至发白的草原了无边际。瘦骨嶙峋的羊群，在院子内外散落而卧。正在这时，忽见一辆货车从远处扬尘而来。

是什么车呢？女人猜想着在大门口等候。那辆车从她家院子旁边的大小石子儿上颠簸而来，停在她面前。中年男子疲惫不堪的脸探出了车窗。

“您好！”中年男子用沙哑的声音问候了她。他的声音如同这里的空气一样，很干很干。

“您一路可好？”女人回了他的问候。

一旦天气干旱，早晚就会很凉。中年男子下车时似乎有点冷，缩了缩脖子。

“这是什么地方啊？这里居然还有人？”中年男子问。

女人忍不住笑。他问的可是多么奇怪的问题啊，不过她马上理解了，这是一个迷路的司机。

“是您的车把你带到了这样一个陌生的地方吧？”女人笑着问了一下，又说，“我们这个地方叫楚路图，我在这里生活十几年了。”

“刚才问了不合时宜的话。我是迷路了，不知道走到了哪里，所以请您理解刚才的话是在问这是什么地方。我还有点好奇，您怎么还待在如此干旱的地方啊？怎么没转场去别处呢？”

“是想搬走，可我没那个能力。我独自一人！”女人说。

“啊，原来是这样。”

“您是不是一整天没吃没喝了？我给您熬个茶，

您喝茶休息一下吧。”

“好的好的。”

女人忽然变得很愉快。动作麻利地熬起茶来。今天总算有一个人来到她的家里。所以她如此高兴。没见人影，都一个多月了。邻里，有的去敖特尔了，有的干脆搬走了，像她这样没能力搬走的几家也是各忙各的，彼此没时间走动。外面的人，也不可能来这样干旱的地方。所以，今天有这么一位迷路的人来到她家，对她来说是很吉祥的事。她很快就熬好了茶，拿出储藏的奶食品摆在桌子上。她自己也好久没享受这样的茶时光了。

她给迷路的司机盛了一碗茶，自己也盛了一碗。然后开心地说了一大堆话。忽然发现，只是她自己一直在说，那个司机却不怎么说话。

“你怎么不说话呢？”她笑着问。

“哦，我啊……我就是这个性格。”司机说罢又问，“这样干旱，你怎么打水？”

“抗旱指挥部有一个大卡车，隔几天给我们送一趟水。最近不来了，听说坏了。”

“坏了？没修吗？”

“好像没修。”

“那……咋办啊？”

“我自己用马车去拉水。”

“那样行吗？”

“不行又怎样？”女人乐了。

“拉水，是去什么方向？”

“直接往北，有一个小道。”

司机叹了一口气，接着喝茶。他沉思了一番后放下茶碗：“你可真是艰难啊，我去给你拉水。”

“真好啊！……那么，去一趟你怎么收费呢？”

“我没说要收费……”男子显得很不高兴。

“那可太感谢你了。”

“别说那样的话，我也是牧民出身。”

喝完茶，司机开车奔向水井。女人，站在大门口望着那辆车绝尘而去。

太阳落进天边，西边天际被染得红彤彤的。

把羊群圈进了羊圈，她望着房后面的茫茫原野。大货车去三十里地外拉水过来是很容易的。可是那辆车还是没个影。

今天她从干旱的野地里捡到了几把沙葱。她拿出了风干牛肉，剁成碎末，切了沙葱搅拌后，准备包饺子。之后，她开始收拾屋子。她如此愉快地忙碌着，不一会儿把零乱的屋子收拾得干干净净。饺子包好了，茶也熬好了。她坐在炕沿上休息，然后又好像想起了什么，忽地坐起翻了半天抽屉，找出了一把小镜子。她羞于看镜子里自己的模样。镜子里，见一个四十多岁的妇女，虽说容貌不赖，却见头发零乱，衣领黝黑。我怎么成了这个样子啊，她走出门，站在大门口等待那辆车的到来。

大卡车在黄昏的原野上，扬尘而来。她站在大门口笑容满面。大卡车越来越近，开到了她面前。

“又是迷路了吗？”

“嗨，这个破车坏了……”

“我给你添麻烦了啊。”

“这个破车经常出毛病的。”

司机的脸更加黝黑了。他下了车，帮女人给羊群饮水。车上原本有几个空的水桶，加上从女人家里拿走的几个，现在都装满了水。司机拿出一个胶皮管儿，一头插进水桶里，一头伸向车下的大铁槽，清澈的水便奔涌而出。

“你一整天没吃饭了吧？”女人看着水槽边拥挤的羊群，问他。

“没关系的。”

“你老婆知道了会心疼的。”女人红起了脸笑出了声。

司机没说话，过了很久说：“你们这边有狼。”

“看见狼了？”

“看到狼群了，好像有十几个。”

女人叹了叹气。她也听说狼群来了。清澈的水，还在涌流。水珠四处飞溅，声音像是在笑，像是在歌唱。羊群喝够了水，大腹便便地向四处散去。

“羊是喝过瘾了，人还饥渴着呢。”女人说。

“是呢。”

这是一个宁静的夜晚。快渴死的羊群喝到了水，三三五五惬意地卧在院里院外反刍的声音，轻轻地，向四周蔓延。女人提一壶水，走到房子后面脱了衣服开始沐浴。清冽的水抚摸着身子，真是无比的惬意。她不由得想起了昨夜的梦。她想，生活就是这样吧。过得再艰难，也是会遇到开心的事。

她一直在洗。不是为了洗，而是沉醉在那个美妙的感觉里。她洗到疲惫为止后探头朝那个大卡车偷偷看了一眼。司机睡在车上了。

晚饭时他俩喝茶聊了很久。后来，两个人都没话可说了，忽然都沉默了。他们都发现天不早了。女人不由得紧张了。这么小的房子，这么小的炕，怎么睡两个人呢？正在这个时候，对方一句话就解决了这个问题。

“给我一个毯子吧，我睡车上。”说着下了炕。

女人松了一口气，嘴上却说：“这样行吗？”

“车上凉快！”说着他自己从角落里拿了一块毯子出去了。

此刻，女人正在偷偷观察停在门前的卡车。看着看着，她忽然笑出声来。那个人迷了路，昨天一整天奔波在野外，今早一到这里就去给她拉水，到了晚上才回来不是么？两天一宿没合眼的人，这会儿应该沉入梦乡了。然而，我在这里防范人家、偷窥人家，我这是在做什么啊！

她进屋上炕躺了下来。然而，睡眠好像被狗吃掉了一般。她仿佛刚刚明白一个女人独自生活，是多么艰难的事。说来她已经守寡十几年了。从未有过今天这样的想法。直到今天她才真正懂得身边有一个男人，确实，真的很不一样。

脸上一阵凉意，才知道自己在流泪。她很想大哭一场。她有多少年没有哭过了？每天在忙碌。到了夜里便没了哭的力气。仿佛过世的男人影影绰绰的在她的泪水中。她的男人是一个嗜酒如命的人。喝醉了，马背上摇摇晃晃着，回家来。一天，挎着马鞍拖着缰绳的马儿独自回了家，它的主人却不见了踪影。自此，她就守寡了。你这个家伙，可真是没心没肺啊，干吗要摔下马背呢？你一定是忘了我吧？如果你知道家里还有老婆在等你，你一定不会摔下马背……

眼泪不停地在流。她没想擦。后来不哭了，她还是一动不动地躺在那里。忽然想到在外面卡车里睡觉的司机。看来是四十多岁了吧，还是一个跑长途的司机，居然见了女人说不出一句像样的话，这样的男人还叫个男人吗？可能他的老婆是一个厉害的主子，哦，不对，他的老婆应该是一个性格好的漂亮女人吧……

正在此时，她听到了司机的叫喊声。女人想起那群狼，跳了起来。她边穿衣服边往外走，汽车发动的声音在轰鸣，两道车灯明晃晃地照射远处。羊群受到惊吓，在一处拥挤。女人跳进了驾驶室。

“是……狼吗？”

“在院子那边。那些家伙怕光，吓跑它们。”

汽车猛地开了，冲向前，灯光像两把利剑，在夜的黑暗里东西挥舞。在汽车的强烈颠簸中女人像装在麻袋里的羊毛，左右摇滚。一会儿撞在司机身上，有时都倒在司机怀里。她没有任何办法。她看见了狼群。那些罪恶的家伙没有丝毫畏惧的样子，在灯光下，不紧不慢地跑向远处。

“快点儿，让它们吓破胆儿！”女人兴奋地喊。

“好，你要坐好！”

激烈的追逐就这样开始了，汽车的颠簸更加剧烈了，晃动着，偶尔还有急转弯。女人身心激荡，她想使劲儿喊，但她还是把持住了自己。只是不时撞到对方的时候，像是撒娇一样，顷刻会把头靠在对方的肩上。汽车再一次强烈颠簸时，她想着是不是要翻车了，但也无所畏惧，反而趁此机会尖叫一声后紧紧抱住了司机的脖子，再也不动弹了。

“狼已经逃得无影无踪了。”

不知过了多久，司机声音淡定。她才发现自己一直闭着眼睛。听到对方的声音那么冷静和沉稳，她才如梦方醒，像是后悔像是懊恼地向前方望，只见那些罪恶的家伙在灯光的尽头向远处奔去。

女人醒来时，太阳快升起来了。她跳起来赶紧穿上了衣服。她不知道自己怎么睡得这样死，睡到这么晚。十几年来，天亮时她就会起床。也是没办法的，有数不清的活儿在等着她去做。之前，她也是偶尔会睡懒觉的。那会儿，她男人还健在。男人在家的时候，她不愿意早起。男人熬好茶收拾完屋子的时候，她才会慢悠悠地起床，穿衣，洗漱。

她红着脸出门时，有一点责备自己，也有点羞愧。那人一定会以为我是一个懒婆娘吧。司机正站在羊圈边儿上，看着卧在里面的羊群。

“本想早起熬茶来着，睡过头了。”她说。

“你的日子可真艰难啊。”司机看着羊群说。

“习惯了！”女人笑了，“你休息得好吗？有没有梦见你老婆？”

“想着狼群会不会再来，就没睡好。”

"是吗？"

司机叹气说："你这些羊吧，真是不行了。一部分即便熬过了这秋冬，也熬不过明年春天的。"

"我有什么办法啊？"

"趁它们还是活的，卖了岂不好一些？"

"谁要啊？我上哪儿去卖？卖给谁啊？"女人笑得很凄苦。

"那也得想办法。"

"就我这样，能想啥办法？"女人又笑着说。

司机沉思良久后："我可以拉走一部分拿去卖，可是……"说着说着，犹豫了。

"算了，怎么好给你添麻烦啊？就算死一部分也会剩下一部分的。我就这样过吧。"女人说。

"我这是空车，来这儿还是要回去的。所以一点也不麻烦。可是……我没钱。我拉走一部分羊，帮你卖掉，回头有事再来这边的时候，把钱带给你？"

"当然可以啊！"女人高兴地说。

"那么……你怎么卖？"

"你看着办吧。瘦得都皮包骨头了，能值多少钱啊？"

“买卖可不是这么做的啊！”司机眼睛瞪大了。

“我可不会做买卖。买卖这个东西，是你们男人擅长的东西！”女人笑着说。

“那就这么说定了？”

“好的，咱俩喝茶吧。”女人进屋开始忙乎起来。

今天早晨的茶，很香。她摆出了家里的所有奶食品，还是觉得少了什么。

“我这里没什么招待客人的东西。”她叹息着，又想为昨夜让客人露宿的事说几句妥当的话，却又不知如何说，犹豫着，犹豫着，还是没说就过去了。

“早茶很好。我这个人常年在外，很少有这样丰盛的早茶。”司机说。

“别客气！”女人又不停地给他加奶皮、奶豆腐。

喝完早茶，他俩到羊圈，抓羊，放到卡车上。

“时间过得可真快啊。”女人笑。

“在你这里住了一宿。”司机说。

“是不是着急着回家见老婆呢？”女人红着脸又笑了起来。

“好，我走了啊。”

汽车发动，向前奔去。车上的羊叫唤起来，有的想跳下来，未能得逞。我可怜的羊儿，就这么走了，女人想着心里很难过。

干旱在持续。艰难的日子在持续。抗旱指挥部的汽车再也没来。女人依旧用马车拉水。傍晚时分她赶着马车到三十里地外的井上拉水，到拂晓时分才能回到家中。马车上只能放一桶水，一桶水是怎么也不够用的。她只好每天轮流分给牛羊水喝，勉强让它们存活。

偶尔，她会眺望远方。卡车是从那方奔来，又奔向那方的。那个卡车走后，她经常想：为什么一提到他老婆，他就转移话题呢？跟老婆关系不好？或者心里有什么伤痛？再来的时候，我得问问他。能安慰他就再好不过了。

可是，那人再也没来。没多久，抗旱工作组下发了通知，说最近有一些骗子，以收购遭遇旱灾的牧民手里的牛羊为幌子，开着大卡车到处转悠，大家须提防。接到那个通知，女人不由得一惊，但是想，来我们家的那位可不是骗子。不相信那个人是骗子，或者她不愿意将骗子这个可憎的词，与那人到来之后的愉快时光联想到一起。

艰难的日子，慢慢在流淌。她知道。老天一干旱，日子就会变得漫长。她也知道，再慢，一切也都会成为过去。她又不是第一次遇到干旱……

原文发表于《花的原野》2006 年第 11 期